Peter Handke
Die Abwesenheit

Ein Märchen

Suhrkamp

Erste Auflage 1987
© Suhrkamp Verlag Frankfurt am Main 1987
Alle Rechte vorbehalten
Druck: Wagner GmbH, Nördlingen
Printed in Germany

»Einem Allerweltspferd – dem liegt's im Blut. Es ist wie zögernd, wie verloren, wie selbstvergessen. Ein solches Tier läßt Staub und Erde hinter sich und verliert sich vor den Blicken.«

Dschung Dsi, *Das wahre Buch vom südlichen Blütenland*

Es ist ein später Sonntagnachmittag, mit schon langen Schatten der Statuen auf den Plätzen des Zentrums, und leeren Vorstadtstraßen, wo der gewölbte Asphalt einen Bronzeschimmer hat. Aus einer Gaststätte dringt nichts nach außen als das Sirren des Ventilators in der Fassade, zwischendurch ein Klappern. Ein Blick geht hinauf ins Astwerk einer Platane, so als stünde da jemand an ihrem Fuß, in Betrachtung der unzähligen, immerfort pendelnden Samenkugeln, der einzelnen großlappigen, langstengeligen Blätter, die sich ruckhaft zusammenbewegen wie ein vielarmiger Lotse, und der schaukelnden, tiefgelben Sonnennester im Laub; wo der breite gescheckte Stamm sich gabelt, ist eine Kuhle wie für ein Tier. Ein anderer Blick geht hinab in einen schnellfließenden Fluß, welchen, vom Ufer aus gesehen, die Sonne durchscheint bis auf den Grund: dort steht ein langer Fisch, hellgrau wie die Kiesel, die unter ihm in der

Strömung rollen. Es ist die Zeit, da die Sonnenstrahlen auch die Wand eines Souterrain-Zimmers erreichen; sie füllen die ganze bilderlose Fläche aus und lassen den Kalk dort körnig wirken. Der Raum ist weder verlassen noch unbewohnt; es bevölkern ihn, immer in Augenhöhe, die Schattenrisse kreuzender Vögel und, in Abständen, der Passanten auf der Straße, von denen die Mehrzahl Radfahrer sind. Ebenso in Augenhöhe zeigt sich im Freien, am Horizont, von der letzten Sonne bestrahlt, ein einzelner, fernöstlicher Berg. Das Bild kommt nah und macht oben auf der Rundung den schroffen Felsgipfel deutlich, welcher mit seinen Zinnen, Kaminen, Vorsprüngen und gläsernen Flanken an eine uneinnehmbare, auch unzugängliche Burg erinnert. – Die Sonne ist untergegangen; hier und da ein Licht in den Häusern; auf der leeren Wand des Souterrain-Zimmers der Abglanz des gelben Himmels, durchquert von inzwischen umrißlosen Schemen. So vollkommen leer ist die Wand: es rückt nun ins Bild ein kleiner Abreißkalender, mit einer dickroten Zahl.

In einem Park steht ein schloßartiges Gebäude aus dem neunzehnten Jahrhundert, mit hohen, von dreieckigen Giebelfeldern bekrönten Fenstern in den unteren Stockwerken, und einem Hundert das Haus in allen Himmelsrichtungen umlaufenden Mansardenluken knapp unter der Dachtraufe. Im Vergleich zu diesem weitausladenden Bauwerk wirkt der Park klein; Bewuchs, Wege und Ruheplätze dürftig; einzig der Ansatz einer Birkenallee und die alleinstehende, sich wie aus einer Rasenbank erhebende, säulenästige Platane geben die Ahnung einer anderen Epoche. An beiden Flanken der scheinbaren Herrschaft Schnellstraßen, jetzt gegen Sonntagabend nur von Personenwagen befahren, ohne Laster. Im Gegensatz zu den paar verstreuten, durch die Nähe des Komplexes hüttenartig niedrigen Behausungen im Umkreis, sind fast alle Fenster des Schlosses beleuchtet, so als spiele sich da durch die Etagen, mit offenen Flügeltüren von Saal zu Saal, und sogar in den lüsterverzierten, marmornen Treppenhäusern ein großes Fest ab. Das Gebäude ist aber ein Altersheim, oder, laut Inschrift über dem Eingangsportal, eine »Versorgungsanstalt«, wo die hellen Fenstervierecke, dicht an dicht, die Einzelzimmer bedeuten. In einigen davon, hinter den oft vorhanglosen Scheiben, die Silhouetten der Bewohner, immer bewegungslos, untätig und in der Regel auch blicklos. Es gibt daneben Fenster, die offenstehen, und diese lassen, trotz der brennenden Deckenlampen, der einen Topfpflanze auf der Stellage, des einen Vogelkäfigs am Rahmen, die Räume verlassen erscheinen. Auch die Fernseherlichter springen über die leeren Wände und wechseln die Farben wie für sich allein. Das Klicken eines Bügeleisens und das kräftige Klirren, sooft es abgestellt wird, kommen aus einem Dienstzimmer. Der Kopf oben in der Mansardenluke, in die Hände gestützt, mit Detektiv- oder Forscheraugen, die alles im Blick haben, ist der eines jungen Mannes, keines Heiminsassen. Kein Lachen im ganzen festlich strahlenden Kreuzschiff, es sei denn, in regelmäßigen Abständen, jäh und wie auf Einsatz losbrechend, des Publikums in dem Fernsehbild. Der einzige natürliche Gesang ist der eines Küchenmädchens, beim Öffnen eines riesigen Blechtopfs unten im weißgekachelten Keller, eher ein Summen, eintönig, kurz, sich wiederholend, mit dem es sich nur seiner Stimme vergewissern will. Der Schotterweg draußen, hin zum Eingangsportal, endet vor einer flachen Stufe, einem Hindernis, groß genug, daß es beidseits von einem Geländer flankiert werden muß, dessen Messingschwünge, zusammen mit den Krückstöcken des einen sich da noch ergehenden alten Menschen, unter dem gelben Himmel in dem Gelände die Glanzstellen bilden.

In einem der wenigen Zimmer des Heims, wo kein Licht brennt, ist dann doch eine Lampe an, montiert an ein Stehpult im Hintergrund. So winzig sie ist, so hell ist, in dem Halbdunkel ringsum, der Kreis, den sie auf das Pult wirft. Dort liegt, aufgeschlagen, ein Notizblock, vom Ausmaß eines üblichen Buchs, mit weit überstehenden festen Deckeln, die umwickelt sind mit einer Zeltleinwand, brüchig, vielfach verklebt, das Papier stockfleckig, so als habe das Ganze eine eigene Geschichte – sei immer wieder in Sonne und Regen gekommen, oder sogar Teil eines Reisegepäcks gewesen, auf hoher See. Die Seiten sind, in senkrechten Reihen, zum Teil bedeckt mit Zeichen, die an Bilderschriften erinnern, ohne dabei bestimmbar zu sein. Neben ein paar von ihnen stehen, in einer klaren, amtlichen, zugleich kindlichen Handschrift, deutsche Ausdrücke, die etwas von Entzifferungsversuchen haben (zum Teil mit Fragezeichen versehen), unter anderem: »Sich vor Augen halten«; »sich bemächtigen«; »sich auf den Weg machen«; »aufbrechen«; »sich hinbegeben«; »sich dazuhocken«?; »das Rinnsal«?; »der Fels an der Grenze«?; »die Wasserscheide«? Im Falz ein sechskantiger Bleistift, schwarz. Das Zimmer, mit den breiten, langen, kaum gestückten Schiffbodenbrettern, deren Fluchtlinien, markiert von den spiraligen Astlöchern und den polierten Nagelköpfen, auf einen gemeinsamen Fernpunkt weisen, hat in seiner Fastleere etwas Geräumiges und durch die Stuckdecke, ein Ellipsen-Ornament, etwas Nobles. Indem der Winkel mit dem Stehpult erhöht ist durch ein Holzpodest, gibt er das Bild eines Altans in einer mittelalterlichen Gelehrtenstube. Das einzige Mobiliar sonst ist das Klappbett in einer Wandnische, das da abgestellt scheint wie der Ausrüstungsteil einer Expedition; als Decke, auf dem nackten Gestell, ein Schlafsack. Das Fenster – es gibt nur eines – ist oben leicht gerundet und gleicht so einer Arkade. Auf dem Boden darunter zwei Hanteln, an den Griffen mit abgeblättertem Lack, zu Füßen eines Rucksacks, ohne Inhalt, schlaff, faltig, zusammengesunken.

Der Bewohner, der am Fenster steht, ist kein Heiminsasse, sondern der Herr dieses Raums. Zwar hat er einen Stock in der Hand, aber der ist keine Krücke, eher ein Wanderstab, aus dem harten, fast unzerbrechlichen, dabei unbiegsamen Rosenholz, an welchem unten noch ein paar kräftige, spitzschnäblige Dornen geblieben sind, so daß er zugleich als Schlagwaffe dienen könnte; und sein Eigentümer, ein Greis, hält ihn in der Faust wie sein Szepter. Die Augen des da Aufgerichteten, mag alles sonst an dem Gesicht, das Haar, die Haut, die Lippen, greisenhaft sein, reizen zum Vergleich mit denen des jungen Mannes oben in der Mansardenluke: während dieser die Dinge in seinem Blickfeld eher mit Mißtrauen oder Neugier bedenkt, nimmt jener die Einzelheiten vor seinem Fenster in vollkommenem Gleichmut wahr. Unbewegt geht der Alte mit mit den sich regenden Zweigen, einem Flugzeug am Himmel und den Betreßten, die unten einen Sarg durch eine Seitenpforte ins Haus tragen. In seinem Blick lichtet sich das Gelände. Eine U-Krümmung im untersten Ast der Platane bekommt die Gestalt eines Steigbügels. Das schräge Schindeldach des

Geräteschuppens sendet, wie eine Schiefer-
schicht, ein urtümliches Grau aus, und der
übliche sich an der Bretterwand da aufran-
kende Holunderstrauch hat parallele Zweige,
welche die Sprossen von Leitern nachbilden.
Es ist, als zögere das Anschauen des alten
Mannes die Dämmerung hinaus und umgebe
seine Gegenstände mit einem Tageslicht. Der
die Anlage durchfließende gerade kleine Ka-
nal zeigt an den Rändern Schattenbuchten,
welche gleichsam die Mäander eines weithin
strömenden Flusses einfassen, und in der
Folge wird dahinter der Horizont deutlich,
mit der langen Linie eines Waldrands, dessen
Stämme hervortreten als Schiffsmasten. Diesen vorgelagert ein breiter Streifen Niemandsland, gequert von der Autobahn, auf der die
unhörbaren Fahrzeuge zu Schnellbooten auf
einer unablässig durchfurchten Meeresstraße
werden. Der fernste Horizontpunkt ist der
kahle Hügel hinter dem Mastenwald, wo die
kalkweiße Kirche einen Leuchtturm darstellt,
so daß die Kuppe die Form eines Atolls an-

nimmt, mit den Baumzacken davor als dem Außenriff. Wie es kein Sprung hin ist in die Weite, so ist es auch keiner zurück in die Nahsicht: die Linien der langgestreckten Fischereischuppen an einer Nebenstelle des Horizonts, im Hafen einer anderen Insel, gehen ohne weiteres über in die der Greisenhand, welche, nach oben gekehrt, hier auf der Fensterbank seines Asyls ruht. Im leeren blauen Zenit über ihm erscheint der dunkle Umriß eines Fallschirmspringers, sich gemächlich um und um drehend, hierhin und dorthin trudelnd, und zuletzt wie selbstverständlich in dem offenen Handteller des Alten landend in Gestalt einer leichtflügligen Lindensporens, an welcher der »Springer« als wacholderbeerkleines Kügelchen hängt.

Der alte Mann kommt in Bewegung. Er fängt an, zwischen seinem Fenster und dem Stehpult hin- und herzugehen. Am Pult malt er jeweils mit dem Bleistift eins seiner Zeichen unter das andre, wie mit angehaltenem Atem; zurück am Fenster, seinem Ausguck, ereignet sich dann ein langsames Ausatmen, wodurch es ist, als träten draußen, an dem Gras, den Querrillen des Pförtnergebäudes, einem zusammengeschobenen Rollstuhl, die letzten Farben hervor. Die Linien der Schriftbilder in dem Buch spiegeln indessen nichts von dem augenblicklich Gesehenen wider, könnten höchstens, unter anderem, einen gefiederten Pfeil, eine mehrfach gegabelte Zweigspitze oder die Schwünge eines die Luft durchtauchenden Vogels bedeuten. Das Hin- und Hergehen geschieht ohne Stock – dieser lehnt an der Wand –, und ist kein Schlurfen, vielmehr ein lässiges, die Beine werfendes Schlendern, welches von Mal zu Mal, eigenartig bei der kurzen Strecke, eher zu einem Ausschreiten wird. Zuletzt wird den Zeichen noch eine Kolonne von einzelnen Wörtern angefügt: »teilhaben«; »zeitigen«?; »sich sammeln«; »sich trennen«?

Das Tagewerk scheint getan. Der alte Mann setzt sich, angekleidet, in einem weiten Anzug und oben zugeknöpftem Hemd, auf das Feldbett, aufrecht, die Hände auf den Knien. In das

Zimmer, dessen Fenster offensteht, dringt von den Schnellstraßen das Tosen des Sonntagabendverkehrs, zwischendurch der Knall einer Fehlzündung. Dann ein Quietschen, dem unmittelbar ein schweres Krachen folgt. Nach einer kleinen Stille ein vielfältiges Schreien, der Schmerzen, aus Angst, um Hilfe, des Entsetzens; schließlich ein allgemeines Brüllen und Gellen, begleitet aus dem Hintergrund von einem ahnungslosen Gehupe. Von seinem Fenster aus könnte der Greis die Geschehnisse gut überblicken. Doch er bleibt sitzen, anscheinend unberührt. Zufällig setzt dann, inmitten des Schluchzens und der Jammerlaute von der Unfallstelle, das jemand ganz anderem geltende Bimmeln der Anstaltssterbeglocke ein. Obwohl der Lärm draußen andauert, untermischt inzwischen vom Sirenengeheul, und obwohl der alte Mann in seiner Zelle lauschend den Kopf erhoben hat, hört er mit der Zeit immer inständiger von den Ereignissen weg. Was so allmählich hörbar wird und den Tumult übertönt: das Rufen von

Flugvögeln und das Dahinströmen des kleinen Bewässerungsgerinnes, welches einmündet in das Rauschen der Parkbäume, einen brandenden Ozean, mit dem Vogelgezirpe als dem Möwenschrillen. Der Greis auf dem Klappbett fängt an, sich mit dem Oberkörper vor und zurück zu wiegen, und klopft dann den gleichen Rhythmus mit den Fingern auf seine Schenkel. Er legt den Kopf in den Nacken und öffnet den Mund, ohne daß daraus aber ein Laut dringt. Mit den sich blähenden Nüstern und den vorstehenden Augen gleicht er einem uralten Sänger, längst schon verstummt, dessen Gesang nur noch aus seinem Hören und Sehen kommt.

Der Bleistift liegt diagonal auf dem Buch, in dem kleinen Lichtkreis. Oben zeigt er, in Blockbuchstaben, den Aufdruck CUMBERLAND. Das von dem Stift gequerte Schriftbild hat etwas von auf vielen parallelen Gleisen wartenden Zügen, mit den Wörtern als den Waggons und den Zeichen als deren Lokomotiven. Es erfolgt nun aus der Ferne tatsächlich das zugehörige Trillern, wie das Signal zur Abfahrt, fortgesetzt in einem alle Räume durchdringenden Pfiff.

Das Pfeifen wiederholt sich, nah. Das Fenster, an welchem der Zug, beleuchtet, auf einer Brücke vorbeirollt, ist ein andres als jenes im Altersheim. Zwar steht es ebenfalls offen, doch es ist viereckig, breiter als hoch, und ohne ein Aufstützbrett. Die Wände des Zimmers sind bedeckt mit Photographien in jeder Größe, einige in Rahmen, nicht nur metallenen Leisten, sondern ziseliertem Mahagoni. Die Bilder zeigen allesamt dieselbe Person, als unförmigen Säugling, als stämmig aufgepflanztes Kleinkind, als jugendliche Königin eines Kostümfests, und schließlich, jeweils in einer neuen Spielart und einem besonderen Licht, als Schönheit. Fast immer ist sie auf den Photos allein und hat da – der Säugling wie die junge Frau – den immer gleichen Ausdruck des Forderns und des sich Mittelpunkt Wissens. Von den Bildern geht vom Anfang bis zum Ende ein unbesiegbares Selbstgefühl aus. Zwei Ausnahmen davon aber gibt es: Auf den paar Photos, wo sie den Kopf in die Halsbeuge eines Mannes gelegt hat, zeigt sie eine einfältige oder gekünstelte Miene; und auf dem einen Bild, wo sie als kleines Mädchen mit Zopf und weißen Strümpfen auf einer Flechtkiste vor dem Stockwerkbett eines bühnenartigen Kinderzimmers hockt, verkörpert die zusammengesunkene Gestalt mit den übereinandergestellten Füßen, den im Schoß verflochtenen Fingern und den für einmal nicht recht weiter wissenden Augen (deren einziges Gegenüber der fast gleich große, einen Kleiderbügel im Schnabel tragende hölzerne Pinguin mit Namen »Kleiderdiener« ist) etwas wie Ausgesetztheit und Verlassenheit.

Eine der Photowände rahmt einen Spiegel, in welchem von hinten, mit einem Knick im Scheitel, die Frau, wie sie jetzt ist, erscheint. Ihre Haare wirken naß. Sie sitzt in einem weißen Bademantel an einem Sekretär, tief über ein Schreibheft vom Ausmaß und der Dicke eines Kontobuchs gebeugt. Von vorn gesehen, in Natur, wirkt ihr Gesicht, im Gegensatz zu den Bildern, verschlossen und geradezu verhärtet. Gesenkten Blicks und verkniffenen Mundes fährt sie mit einem breiten Tuschestift über das Papier, ohne Augen zu haben für das letzte Gelb des Himmels vor dem Fenster, den Früchtekorb in der Küchennische, oder den Blumenstrauß am Kopfende des raumfüllenden Betts in dem wie illuminierten Nebenzimmer. Trotz der Blockbuchstaben bleibt ihre Schrift fast unleserlich; die wenigen sich einer Form nähernden Zeichen haben den Schwung chinesischer Kalligraphien. Dafür spricht sie mit ihrer Tätigkeit unentwegt halblaut mit und läßt sich, schwarzfleckig die Fingerkuppen und einen ungewöhnlich dicken Höcker am Mittelfinger, etwa folgend hören: »Er hat gesagt, ich forderte unentwegt Liebe, und sei selber dazu der unfähigste Mensch auf der Erde. Er hat gesagt, ich sei nie jemandes Frau gewesen, und würde nie jemandes Frau sein können. Er hat gesagt, ich sei die Getriebenheit in Person, und würde, mit wem immer, nichts als Unruhe stiften. Bei dem sanftmütigsten Wesen würde ich, über kurz oder lang, es schaffen, den Zerstörungsdrang, ob als Mordlust oder Sterbenssehnsucht, hervorzukehren und ihm diese Seiten dann als seine wahren einzureden. Er meint, das kindliche Geschöpf, als welches ich jedermann zu bezaubern wüßte, entpuppe sich, hätte ich mein Opfer nur in meine Kinderhöhle gelockt, als eine Ausgeburt, aus deren Fängen es kein Entkommen gäbe; ich sei eine Hexe Kirke, welche nicht nur einen jeden Gefährten des Odysseus, sondern auch diesen selbst in ein Schwein verwandle. Zusammen mit mir habe ihn geradezu ein Heimweh nach der Freiluft der Einsamkeit gepackt, vereint mit dem Entschluß, ja dem Gelübde, nie wieder in die Nähe einer Frau zu geraten. Durch mich sei es mit ihm inzwischen soweit gekommen, daß er, selbst wenn ihm die herrlichste Erscheinung schöne Augen mache, im stillen denke: Hau ab! Er fragt, warum es ihm in all der Zeit nicht gelungen sei, mich liebenzulernen, und warum er sich selber am Ende nun schrecklich unliebenswert erscheine, und warum er sich wie mich dafür hassen müsse? Er hat meinen Vater und meine Mutter verflucht. Er hat den Ort meiner Geburt verflucht. Er hat mit mir meine ganze Generation verflucht, die ziellos, frühverdorben, profan und ohne Sehnsucht sei. Er hat mir vorgeworfen, keinen Sinn für irgend etwas Drittes, eine Arbeit, eine Natur, eine Geschichte, zu haben; zwangsbezogen zu sein auf das Lieben, die Zweisamkeit, ohne zu begreifen, daß dieses Glück des Zweisamen nur auf dem Umweg über ein Drittes eintreffen könne. Er meint, in mir sei weder die Begeisterung, etwas zu schaffen, noch eine Wißbegier, mich selbst zu verstehen anhand der Geschichte meiner Vorfahren, noch ein Fernweh nach dem Unbekannten; ein Jahrzehnt lang hauste ich nun schon in meiner Wohnung und wisse noch immer nicht den Namen des Bergs am Horizont, ja nicht einmal des Flusses unter meinem Fenster, und woher und wohin die

Züge oben auf seiner Brücke führen; die einzige mir geläufige Ortsbezeichnung hier in der Stadt sei die meiner Wohnstraße; die Himmelsrichtungen seien mir gleichgültig; mit dem Wort Süden verbände ich allein Sonne und Meer; spräche man mir von Norden oder Westen, verzöge ich gelangweilt das Gesicht. Meine Abwehr gegen jede Art Wissen sei panisch; als sträube sich dagegen mein Innerstes wie gegen das Hineingestoßenwerden in ein feindliches Element. Schlimmer noch erscheine ihm mein Unwille, allem, was nicht ich selber sei, ob Dingen oder Menschen, seine Zeit zu lassen; ich nähme von dem anderen, wie schön es auch sei, bloß Notiz, ohne es anzuschauen, wodurch mein Begriff von Schönheit oder Häßlichkeit strafwürdig äußerlich sei; daß es für mich nichts gäbe, das des Anschauens oder Hinhörens wert sei, fände er empörend. Daraus folge nämlich das Schlimmste: Mit mir sei keine Beständigkeit, und damit kein Alltag möglich. Dabei habe er doch erfahren, wie ein Teil von mir gut und groß sei: Nur zeige der sich immer nur an einer Grenze, und ich gäbe ihm weder Zeit noch Raum. So, hat er gemeint, solle ich endlich Abstand nehmen von meinem Paar-Traum – und er hat mir dazu noch aus dem Parzival und dem König Lear zitiert: *Wer die Form wahrt, schweigt von Liebe. – Liebe, und sei still.*«

Zugleich mit diesem Nachsprechen hat die Frau auch ihre, bis zuletzt unentzifferbare, Eintragung abgeschlossen, deutlich nur die oft doppelten und dreifachen Ausrufezeichen und Unterstreichungen; ihre Erwiderung. Sie erhebt sich, nicht ruckhaft, sondern schwungvoll. Dabei fallen ihr freilich Stift und Papier zu Boden. Sie hockt sich hin, betrachtet beides, läßt es so liegen. Der Raum, mit seinen übervielen Lichtern und seinen durcheinanderliegenden Fernseh-Programmen, zeigt die leicht beklommene Welt des Sonntagabends an. Die Frau steht nah vor dem großen Spiegel, mit weitoffenen Augen. Aus einer Nebenwohnung die Stimmen eines Zwistes. Durch den abwesenden Blick und die Geducktheit hat die Gestalt im Spiegel etwas von einem in das Hochhaus-Apartment verschlagenen Tier. Unversehens aber dreht sie den Kopf über die Schulter und lacht ins Leere, so unbeschwert, als lächle sie auf offener Straße jemanden an. Ebenso anmutig ist sie im anderen Zimmer verschwunden, und bekleidet und schmückt sich, mit behender Eleganz zwischen den Räumen hin und her wechselnd, welche durch ihr Paradieren den Anschein von Gemächern bekommen. Im Nu steht sie ausgehfertig an der Tür, wo ihr allerdings die Tasche aus der Hand fällt, so daß sie sich zu den umherliegenden Sachen bückt. Aufgerichtet läßt sie sich dann für einen langen Augenblick gleichsam ansehen, kein versprengtes Tier mehr, sondern ein Star, und spricht so erhobenen Hauptes zu seinen Zuschauern: »Geht mir mit eurem Alltag! Niemand kann euch Freude machen so wie ich. Ihr braucht mich, auch du!«

Vor dem Schaukasten eines Kinos mit ganz anderen Stars steht ein Soldat in Ausgehuniform, ein Käppi schräg auf dem Kopf. Er wird flankiert von einem älteren Paar im Reiseaufzug – Regenschirm bei klarem Wetter, Hüte –; die Mutter hat sich bei ihm untergehakt; der Vater, im Abstand, blickt die beiden von der Seite heimlich an. Das Kino ist gegenüber dem Bahnhof; sie haben davor nur kurz angehalten und überqueren jetzt den Vorplatz. Der Sonntagabend zeigt sich hier an den alten Zeitungen, die über den Asphalt schlittern oder sich in den Abfallkörben bauschen, und an der Schalterhalle, wo die Betrunkenen, grölend oder schlafend, und die in den Winkeln zusammenstehenden fremdländischen Arbeiter gegenüber den paar Reisenden weit in der Überzahl sind. Die drei nehmen ihren Weg oben auf der Plattform zu einem Wartesaal, einem Gebäude für sich, welches auf einem Streifen inmitten des Gleisfelds steht, bei aller barackenhaften Kleinheit versehen mit einem Marmorportal. Auch innen hat der Raum etwas von einem Empfangszimmer: zu den geschweiften Bänken gehören Tische aus gemasertem, lackiertem Holz, in dem sich ein Lüster spiegelt; der schlanke Ofen in der Ecke ist säulenhoch; und während in der einen Nische ein Miniaturspringbrunnen plätschert, bewegt sich in der gegenüber ein Palmfächer. Statt der üblichen Riesenansichten von Reisezielen sind die Wände geschmückt mit eingedunkelten Landschaftsgemälden, und auf Tischen gibt es für die Wartenden Aschenbecher. Hier, wo zugleich an beiden Fensterreihen immer wieder Züge halten und weiterfahren, nimmt die Gruppe Platz. Die Eltern lassen ihre Hüte auf, so daß ihre Gesichter halb im Schatten bleiben; der Soldat steckt seine Kappe zusammengerollt in die Hosentasche. Barhäuptig, mit dem wirr abstehenden Stoppelhaar, der leicht pickligen Stirn und den Pausbacken, wirkt er schülerhaft, und hat doch zwischen den zwei andern nichts von deren Sohn; während sie sich mit ihm abgeben, gilt seine Aufmerksamkeit, keinen Augenblick nachlassend, eher eine Wachsamkeit, den Dingen im Umkreis, der Ablage im

Aschenbecher, welche durch seinen Blick die Gestalt einer Paßmulde annimmt, und den geknickten Spitzen des Palmwedels, hin und her tastend wie Greifarme. So erscheint der Soldat unabhängig von dem Elternpaar zur Linken und zur Rechten: Wenn er den Kopf senkt als Sohn, dann nur ihnen zu Gefallen, im Spiel. Das Wort hat die Mutter, indes der Vater stumm bleibt, mit einer Miene, die gleichfalls den Abstand bewahrt, entschieden unparteiisch. Die Frau, in Stimme und Haltung selber noch jung, sagt folgendes: »Ich hatte gehofft, das Soldatsein würde dir helfen, aus dir herauszufinden. In meiner Vorstellung bist du dabei der andre geworden, der du ja zugleich immer warst: Der für alles den rechten Moment weiß – den rechten Moment zum Eingreifen, den rechten Moment zum Ablenken, den rechten Moment für das richtige Wort –, und der dadurch der wird, der bestimmt; nach dem es, auch wenn er gerade nicht der Anführer ist, geht! Statt dessen bist du der Abwesende, stärker denn je. Denk nur nicht, es macht mir etwas aus, daß du nach den vielen Monaten beim Militär ohne Abzeichen bist – enttäuscht bin ich nur, weil du deinen Platz nicht behauptest, weder in der Kaserne noch draußen. Für deine Kameraden bist du Luft; keiner im Raum hat Augen für dich; wenn du zur Tür hinausgehst, nimmt man Notiz höchstens vom Klinkengeräusch; dein Salutieren wird übergangen; und als wir nach dir fragten, sagte dein Name niemandem etwas, nicht einmal auf die Beschreibung durch deinen Vater, der das doch versteht wie sonst keiner, kam mehr als ein Achselzucken. Und im Restaurant bist du immer noch der, dessen Bestellung die Kellnerin vergessen hat, und an den Schaltern der, den die Nachkömmlinge umkurven wie einen, der bloß im Weg steht. Du könntest in einem Raum der einzige sein, herausgehoben durch einen Scheinwerfer und ein Podest, und würdest doch übersehen werden. Du bist nirgends vorhanden. Zuhause, wo du zwanzig Jahre deines Lebens verbracht hast, und wo du kaum weg bist, fragt kein Mensch mehr nach dir. Niemand erinnert sich an dich, weder deine Lehrer noch deine Mitschüler, und auch dein Freund von damals grüßt in mir nicht mehr deine Mutter, sondern wieder nur die Frau Soundso. Selbst uns, deinen Eltern, sooft wir dich vor uns haben, fällt es schwer, zu glauben, daß du es wirklich bist. Du bist da, und zugleich nicht da. Dein Abwesendsein vertreibt uns aus deiner Nähe. Denn es passiert dir ja nicht von Natur aus, sondern du setzt es ein gegen uns, gegen die andern, gegen die Welt, als deine Waffe! Du machst mir mit deiner Abwesenheit angst. Manchmal bilde ich mir ein, du bist gar nicht mein Kind, seist mir unterschoben. Schon als du klein warst, habe ich oft unwillkürlich an deine Tür geklopft wie an die eines Fremden. Wer bist du nur? Zeig dich endlich, Kind, gib dich zu erkennen. Zeig deine anderen Waffen, mein Kind, die entwaffnenden, so wie du immer wieder im richtigen Zeitpunkt mich, den Vater, den Gegner, mit einem Blick, einer Frage entwaffnet hast.«

Während der Ansprache der Mutter hat der Soldat den Umkreis im Auge behalten. Er wirkt dabei fangbereit: Käme plötzlich ein Ball geflogen, hätte er ihn schon im Arm. Bei manchen Sätzen der Frau hat er über die Schulter woandershin geblickt. Die Gestalt eines Schwarzen auf einer entfernten Bank ist für Momente nahe gerückt. Der Strahl des Springbrunnens, schwach und unregelmäßig, wurde mächtig und erschien als das Ereignis im Bahnhofsbereich; die Fontäne monumental. Die Schriftzeichen an der Glastür rahmten den Ausblick, so daß die Gegenstände darin, ein Kopf in einem Zugfenster, eine beleuchtete Weiche am Rand des Gleisfelds, sich greifbar zeigten wie in einem Fernrohr.

Der Warteraum ist inzwischen besetzt mit anderen. Die drei sind verschwunden. Die Bahnsteige draußen sind leer; ebenso die vielen Gleise, mit einem kalten Schimmern auf den Schienen. Ein letzter Waggon biegt in die weitgeschwungene Ausfahrtskurve, und dann stehen nur noch die Hochhausfronten jenseits des unbelebten Geländes, die Lichterfenster fast ebenso dicht auf dicht wie in dem Altersheim. Es ist die Stunde, da die meisten Leute von ihren Sonntagsunternehmungen zurück sind, aber kaum einer im Dunkeln sein will; viele Silhouetten von mitten im Zimmer Stehenden, ohne Bewegung, es sei denn das Auf und Ab der Arme mit den Zigaretten.

Der Soldat hat sich die Kappe wieder aufgesetzt und geht, schon weit weg vom Bahnhof, den Fluß entlang; jetzt, allein, mit Riesenschritten; wie fliegend. In fast jeder Telefonzelle ein unbeweglicher Schatten. Ein aus einem fahrenden Auto wie schon den ganzen Tag so hängender Arm wird zurückgezogen. Drei halbwüchsige Mädchen wartend vor einer Haustür, aus der dann ein sehr kleines Kind tritt. Die Gesichter der umherstehenden ausländischen Arbeiter, mit ihren vorstehenden Backenknochen, slawischer als je zuvor. Auf den tötenwollenden Blick eines Passanten der Gruß des Soldaten, wodurch der Gegrüßte jäh auflebt.

In einer der Hauptstraßen – beleuchtete und zugleich vergitterte Schaufenster-Züge – steht er mit ein paar andern, fast alle gleichfalls Soldaten, im Abstand an einem Bushalt; während die übrigen sich unterhalten, dazwischen auch scheinboxen, entnimmt er seiner Jacke einen Keks und verspeist ihn geruhsam, geradezu zeremoniell. Es ist eine Kirche in der Nähe; an die Scheibe des Unterstands, in seinem Rücken, ist ein Plakat geklebt, welches zu einer »Pilgerfahrt ins Heilige Land« einlädt.

Im Bus zieht er aus einer anderen Jackentasche ein dickes Buch und liest. Sein Lesen geht unterwegs immer wieder über in ein Aufblicken, welches einem Straßentunnel oder der einen schönen Passagierin gilt, und jeweils länger dauert als das Aufnehmen der einzelnen Sätze. Die Kaserne dann, weit draußen hinter den Autobahnen, ist eher ein Camp, unsichtbar, kenntlich nur an der grellweißen Wachkabine in einem Birkenwäldchen und an den beiderseitigen Schranken: Hier drückt sich der Soldat in der Reihe der andern vorbei.

Es ist tiefe Nacht. Auf dem Flugfeld erlöschen die Lichter. Die Figuren einer umspringenden Fußgängerampel, wo niemand mehr geht, sind schief. Aus einem dunklen Erdgeschoßfenster dringt ein Sprechen, das mit einem lauten, deutlichen Wort anhebt und gleich wieder unverständlich wird, eine Stimme im Schlaf. Mitten in der Stadt, auf den Plätzen, sind fast nur noch Tierlaute zu hören: das Loskreischen von Katzen, das Brüllen eines Rinds, weit weg, in einem Schlachthof, das Gellen eines Pfaus in einem Zoo. Die Fernseher in einem Schaufenster zeigen alle ihr Testbild. An einem der Unfallorte des Sonntags ist weißlicher Sand über das Blut gestreut, das an einer Stelle noch sichtbar wird, ein kreisrunder, klumpiger, stockschwarzer Fleck, als sei genau da des Verunglückten Herz ausgeronnen. Straßenlicht fällt von außen in ein Café, wo in der Düsternis, scharf umrissen, die Stühle auf den Tischen stehen; in einer Ecke der Korb mit den Brotresten, schrumplig, die Rinde abgestoßen wie nur beim Ge-

bäck an den Sonntagabenden; das Schach-
brett, dessen paar übriggebliebene Figuren,
bis auf den einen hochaufragenden König,
allesamt umgekippt sind. Ein Ausschnitt des
Himmels mit dem Halbmond in der Form
einer Apothekerschale, bereit für das Kügelchen des einzelnen Sterns. Ein einheitliches
Grollen erfüllt den Raum, so als seien die
Maschinen der Stadt nicht ganz abgestellt, bereit, sofort wieder anzuspringen.

Nur in dem Spielerlokal gelten weder die Außenwelt noch die Zeit. Es ist durch die Neon-
röhren taghell, und die dicken Vorhänge lassen keinen Spalt für einen Blick hinaus ins
Freie. Aber den Spielern käme es ohnedies
nicht in den Sinn, den Kopf von den Karten
oder Würfeln zu heben. Das weitläufige Lokal, dessen einzelne Abteilungen voneinander
getrennt sind durch Säulen, ist, Gegensatz zu
der entvölkerten Welt draußen, voll; geradezu
schwarz von Menschen. Trotzdem gibt es, außer bei einer jugendlichen Billardrunde, deren

Mitglieder Anfänger sind und sich nur zur Mutprobe hereingewagt haben, kein Gelärme. Es wird fast nirgends gesprochen, und so kommen die vordringlichen Geräusche vom Mischen der Karten und Schütteln der Würfel; dazu das Rauschen der Ventilatoren, einer in jeder Wand. Kein einziges Bild; weithin nichts als das Schillern der grünen Ölfarbe, unten über den Bodenleisten stumpfradiert von dem Gewirr der Schuhabsatzstriche. Es fehlen auch die üblichen Pflanzen, ebenso wie der eine Hund. Auf dem gekachelten Boden häufen sich dafür die Zigarettenstummel, dicht auf dicht herabfallend und ohne Hinsehen ausgetreten. Das einzige Dekor des Raums ist das Stuck-Oval an der sehr hohen Decke: der einzige hin und wieder von einem der Spieler schnell-heimlich benutzte Ausblick, freilich immer nur vom Verlierer.

Es gibt einen Haupttisch im Lokal, erkenntlich nicht am Ausmaß, sondern an den ihn scharenweise umstehenden Zuschauern. Er nimmt nicht die Mitte ein, sondern eine Ecke.

Einer der da Sitzenden ist auch die Hauptperson des Lokals. Und er gehört nicht zu den Verlierern. Er ist ein weißhaariger und zugleich glatthäutiger Mann; wie bartlos, während alle um ihn herum unrasiert wirken. Gemein hat er mit den anderen Spielern den dunklen Anzug mit Weste und weißem Hemd, ohne Krawatte. Nur trägt er darüber noch einen fast bodenlangen Kamelhaarmantel, so als fröre ihn. Er fällt auch auf, weil sein Platz nicht, wie bei den Mitspielern, auf einem Stuhl ist, sondern auf einem lehnenlosen Hocker, an der Tischecke: Dort thront er hochaufgerichtet, mit untergezogenen Beinen, und hält die Bank. Während er wartet, bis gesetzt ist – auch einige der scheinbaren Zuschauer, stehend, erweisen sich dabei als Spieler –, schüttelt er die Würfel im Becher, ein Rhythmus, der etwas von einem unendlichen Trommelrasseln hat und jedermann zum Näherkommen und Mittun auffordert. Um so jäher geschieht dann das Leeren des Bechers, eine kleine Bewegung aus dem Handgelenk, mit der das Würfelpaar schon an den Rand der Spielscheibe und von dort zurückgerollt ist. Das einzige an den Vorgängen Beteiligte scheinen so seine Hände: die eine ständig mit dem Würfeln beschäftigt, die andre, nach dem Wurf, mit dem Schreiben von Zahlen, die sein Goldstift wie von allein auf einen Zettel wirft. Sonst kommt von ihm keinerlei Bewegung; die Zigarette im Mund, an der er nie zieht, zündet ihm immer neu ein dienstfertiger Nebenmann an, welcher ihm auch die Geldscheine – undenkbar an diesem Tisch das Tanzen einer Münze – heranholt, glattstreicht und schichtet. Ebenso bestellt er, wie im übrigen die meisten in dem Lokal, bei dem in Abständen seine Runde ziehenden Wirt kein Getränk (läßt ihm dafür nur jeweils von seinem Stapel einen Schein zustecken). Die ganze Zeit spricht er auch kein Wort; scheint zwischendurch sogar, noch übernächtigter und bleicher als die andern, die Hände selbsttätig geworden, unter den geschwollenen Lidern wegzuschlafen. Aus der Nähe gesehen, rucken seine Pupillen jedoch immerzu hin und her: Während er die Würfel schüttelt, gilt sein Augenmerk gleichermaßen den sich knüllenden Banknoten zwischen den Fingern eines Umstehenden wie dem Spiel am Nachbartisch, wo sehr große Fäuste, durchweg bleich und fast haarlos, die Fächer der sehr kleinen Karten halten. Dem Alleinspieler dahinter, an einem Tischautomaten, wird das Gesicht von unten blau angestrahlt. Das einzelne Mädchen, in der lauten Billardgruppe, spürt, mitten in einem Aufschrei, seinen Blick, bricht ab und schaut sich nach den Begleitern um wie zum Schutz.

Die Würfel rollen wieder aus, bleiben dann aber liegen. Der Spieler zieht die Uhr aus der Westentasche und bestimmt so das Ende des Spiels. Auch andere klappen ihre Uhren auf. Er rechnet die Zahlenkolonnen zusammen, läßt ein paar Scheine verteilen, schiebt den großen Rest in den Mantel und greift hinter sich nach der Mütze am Haken, welche von Stoff und Farbe des Mantels ist. Dann aber bleibt er, mit der Mütze auf dem Kopf, noch sitzen, lehnt sich sogar hinten an die Wand. Auch die Mitspieler verharren auf ihren Plätzen, gleich ihm fast reglos, einem Traum nachhängend. An jeder Tischkante, zur Mitte hin laufend, die Abdrücke zahlloser Finger. Selbst als der Spielmacher aufsteht, entfernt er sich nicht sofort, sondern lüpft erst ein wenig den Vorhang. Der Blick hinaus geht, schon im Zwielicht, auf eine Gegend am Stadtrand, mit einer Buskehre (vormorgendlich schimmernde Drähte); auf den Stufen der gleichförmigen Siedlungs-Häuser reihen sich einzeln oder paarweise die Milchflaschen.

Dem Spieler scheint der Übergang zwischen den Sphären keine Schwierigkeit zu sein: Nachdem er sich noch einmal nach dem schwarzen Ventilatorloch in der Außenwand umgedreht hat, wo die Lamellen flattern, erfaßt sein Blick ohne weiteres den zweiteiligen, sehr langen Gelenkwagen, in dem jetzt, als er anfährt, leer, bei der Kehre eine ganze Speerschaft von Haltestangen aufblitzt. Er nimmt die Gegenrichtung zum Bus, hinaus über die

Stadtgrenze, und dort querfeldein. Aber auch hier noch, wie zuvor auf der Straße, blickt er immer wieder über die Schulter, nicht, ob ihn jemand verfolge, sondern als erwarte er hinter sich etwas. Zwischendurch dreht er sich im Gehen sogar um die eigene Achse, wie in einer unsichtbaren Gesellschaft, zu der vielleicht auch die Kreise der gruppenweise zusammenstehenden Birken zählen. Hier in dem struppigen Brachland, auf einem Weg in der Form eines verrosteten, teils schon schwellenlosen Schienenstrangs, fängt der Spieler, nachdem er immer größere Schritte gemacht hat, eine Bohle jeweils auslassend, endlich zu sprechen an, ein bloßes Gemurmel aus einzelnen, unverbundenen Wörtern: »Ungestalt! ... Irgendwohin ... Auf die Knie ... Suchlauf ... Sich fangen ... Lebenswasser ... Schärfdienst ... Sich vorbereiten ... keine Zeit ... Umgeben ... Zur Genüge ... Verwahrlost ... Bund ... Spruchreif ... Einbeziehen ... Bestürzen ... Sich aufmachen ... Aufspüren ... Sintflut ... Hellauf! ...« Zuletzt ist er so noch ins Laufen und Rennen gekommen, wobei er sich fortwährend mit der Faust auf den Kopf schlägt, oder, vergebens, sich den Finger in den Hals steckt, oder, denselben Finger an der Schläfe krümmend, sich gleichsam immer wieder erschießt. Einmal ist er auch abgebogen und hat mit der Stirn beiläufig einen Baumstamm gerammt.

Am Ende des Gleises betritt der Spieler, durch einen Streifen aus hohem Gras, wo die Halme, wie den Eingang verwehrende Schwerter, paarweise den Trampelpfad kreuzen, eine freie, fast unbewachsene Schuttfläche, welche, rundum von Gestrüpp gesäumt, das Aussehen einer in die Stadtrand-Steppe eingelassenen Scheibe hat. Deren einzige Erhebung ist ein Haufen aus Betonbrocken, Schottergeröll und Erde, gleich an der Peripherie. An dessen Flanke, auf einem herausstehenden Stein, läßt sich der Spieler jetzt nieder und setzt, zuerst noch die Augen auf dem Geldpacken neben sich, sein Gemurmel fort: »Geld, du bist seit jeher mein Halt gewesen. Ohne Geld keine

Welt. Geld, nicht nur mein Fallschirm bist du gewesen, der sich bisher noch immer geöffnet hat, sondern auch mein Luftschiff, jederzeit abflugbereit, weg in alle Erdrichtungen, verläßlich und absturzsicher. Geld, mein letzter Grund und meine einzige klare Idee. Geld, mein alleiniger Lichtblick!« Plötzlich hält er inne und spricht, in demselben Tonfall, zu ein paar fahlgelben Grasrispen hin, nah vor ihm, schwankend in Augenhöhe: »Weg von hier, irgendwohin. Irgendwohin, wo ich trauern und etwas betrauern kann. Irgendwohin, wo es einmal wieder um Treue geht. Mir fehlt die Gefahr. Vielleicht ist sie auch hier; aber ich spüre sie nicht. Wie ging mein Traum: Ich saß, wie seit einem Jahrzehnt jeden Abend, am Tisch und wartete auf die andern, und als sie kamen, nahmen sie Platz an den Nebentischen, nicht aus Feindseligkeit, sondern weil mich keiner erkannte. Wer bin ich geworden? – Sie nennen mich den ›Künstler‹, und dabei bin ich nichts als der Erdfeind, der Spieler. Statt die Welt zu verkörpern, bin ich der Punkt, in dem sich die Lieblosigkeit bündelt. Der Punkt auf der Lanzenspitze bin ich, das Bündel von Peitschenschnüren. Statt vielfältig zu sein und entwaffnend, bin ich einschneidig, unfruchtbar und schlagbereit. So auf ständige Geistesgegenwart bin ich eingestellt, daß ich zugleich gar nicht da bin, für niemanden, auch nicht für mich selber. Du bist nicht da! das war der Satz all meiner Geliebten. Geliebte? Es gab niemals eine. – Sie nennen mich den freiesten Menschen, und dabei bin ich nichts als ein Teilnahmsloser, ein Unsteter. Wenn ich sage, was ich will, und gehe, wohin es mir beliebt, so erlebe ich nie die Freiheit dabei, sondern mein Unrecht und meine Entbehrung. Niemand von ihnen weiß, wie oft gerade ich mir mein Motto vorhalte: Schweigen und Bleiben! – Sie nennen mich den König, und dabei bin ich nichts als ein Heuchler und Lügner. Meine Großzügigkeit ist in Wahrheit Herablassung, meine Nachsicht und mein Jeden-gewähren-Lassen Treulosigkeit, mein Abstand Verachtung. Statt ihr König des Lebens zu sein, bin ich der Menschenfeind: ein Finsterling, wenn ich nicht spiele, und wenn ich spiele, anstelle der Seele ein Lauern. – War das denn immer so?«

Der Spieler mustert den weiteren Umkreis, von dem rutigen Erlenstreifen über die paar kleinwüchsigen Weißbirken bis zu der einzelnen, in dem Morgenwind sausenden Fichte am Scheibenrand, nimmt zwei Steine vom Haufen, schlägt sie gegeneinander und setzt seinen Murmelsingsang dann fort, wobei er anfängt, den Oberkörper vor und zurück zu bewegen: »Anfangen. Ja, ich sage das jetzt zum ersten Mal, und ich habe es auch noch nie jemanden ernsthaft sagen hören: Ich werde ein neues Leben anfangen. Ich bin fünfzig Jahre alt und werde ein neues Leben anfangen. Nur: Wenn ich es mir allein sage, dann meine ich es nicht. Überhaupt: Was ich mit mir selber rede, das findet kein Gehör, und es gilt nicht. – Lieben. Ich werde mir die Zeit nehmen und mich ablenken lassen zur Liebe. Schaff mir den erlösenden Schmerz, mit dem ich endlich irgendwohin weiß. Füg ihn mir zu, damit sich zwischen den Rippen nicht mehr die Stahlfeder staucht, und erneuere mir täglich die Wunde, du, der eine, die einzige. Verwirf mich sogar, ausdrücklich, mit Gründen, immer wieder, verschmähe mich, verspotte mich, damit ich mich öffne und nicht mehr allein bin. Bittere mich, damit mir ein Kern wächst und ich fruchtbar werde. Buchstabieren. Schriftlich geben. Ja: Damit ich meine, was ich sage, und damit es Gehör findet und gilt, werde ich es buchstabieren und mir schriftlich geben. Gibt es auch das Besungene nicht, so doch die Stimme des Sängers.«

Als er nun das Gesagte wahr macht und mit dem Goldstift in seinen Zahlenblock schreibt, geschieht das mit solch einem Nachdruck, daß dabei seine Schultern zu kreisen anfangen und der ganze Körper ins Schüttern kommt. Er erhebt sich von seinem Haufen und wäscht sich Gesicht und Hände in einer der vielen Pfützen, die in dem Brachland stehen, als sei der Boden darunter hier ganzjährig gefroren.

Neben der Lache wächst ein einzelnes Grasbüschel, mit flächigen breiten Halmen, in der Mitte nach allen Richtungen dichtauf auseinanderfallend, in der Form eines Schopfes. Diesen bescheint jetzt von der Seite die erste Sonne, und der Frühwind bewegt ihn. Die Halme sind durchscheinend und zeigen, klar und fein, ihre Längsrillen, bis in die Spitzen; und auf der Lichtbahn des einen spielt der Schatten des andern. Je länger wir den Wirbel betrachten, wie er zittert, schwankt und gerüttelt wird, desto mehr Geräusche münden in ihn, jedes verbunden mit dem nächsten: der Krähenschrei zu unsern Häupten mit dem Zugpfiff vom Horizont, das Teppichklopfen aus einer Siedlung mit dem Schießübungs-Rattern – bis es ist, als würden sich in der Schopfmitte, unten in der Wurzel, die Laute eines Weltkreises einfinden. Die verstärkte Bewegung, die durch die Halme geht, rührt nicht nur vom Blasen des Winds.

In einem ähnlichen Licht steht der alte Mann auf einer Leiter im Garten des Heims. Er blickt über die Schulter, so als fühle er sich betrachtet, und wolle den Blick erwidern. Für das Bäumchen, an dem sie lehnt, ist seine Leiter viel zu groß; der Stamm biegt sich unter ihr zur Seite. Er schneidet da mit der Schere die Krone aus, und sein Umsichschauen, seine rasche Wahl und seine Griffe zeigen, daß er ein Fachmann ist. Die Zweige sammeln sich kreuz und quer auf ihm, in der Hutkrempe und auf den Schultern.

Im Schuppen verschwunden, neben dem ein Bienenhaus in allen Farben spielt, erscheint er wieder, ohne den blauen Schurz, um den Hals eine Schleife, ausgehfertig. Durch die umgehängte Pelerine wirkt er bereit für eine Reise. Er bückt sich zu dem Garten-Rinnsal und läßt sich davon die Hände waschen. Überall auf dem Weg hinaus, ohne Stock, wird er von dem Personal schon von weitem gegrüßt, und der Leiter, dem im Durchhaus ein Untergebener gerade den Wagenschlag öffnet, zieht vor ihm,

mit dem Wunsch für einen ergiebigen Stadt-
gang, seinen Hut, wie vor einer Größe, oder
aber auch vor einem alten Sonderling, welchem die Ehrerbietung bloß vorgespielt wird;
in seinem Rücken wird man einander vielleicht zulächeln.

Auf dem Vorplatz wendet er sich noch einmal
um, zu der Kirche, die den Mittelteil des stra-
ßenlangen Gebäudes einnimmt: Ein Flügel
des Portals dort steht leicht offen; in dem Spalt
nichts als Schwarz. Während er etwas in sein
brevierförmiges Notizbuch malt, müht sich
hinter ihm ein Greisenpaar vorüber und sagt
zueinander, beide zugleich, und beide mit der
gleich lauten Schwerhörigen-Stimme: »Er
schreibt schon wieder!«

In einer belebten Straße des Zentrums hält der
Alte inne und bückt sich zu einem schrundi-
gen Pflasterstein. Er bläst den Staub davon
weg, breitet eine der dünnen Seiten, noch leer,
seines Hefts drüber und macht sich, in der
Hockstellung, mit einem Graphitstift ans
Schraffieren. Aus dem Untergrund erscheinen

so allmählich die klaren Umrisse einer Letter, welcher zwei weitere folgen, AVT, das Bruchstück einer römischen Inschrift, mit ungewisser Bedeutung: »Oder«? »Aber«? »Herbst«? Der Passantenkreis um den Entzifferer, ohne daß dieser sich darum kümmert, wird immer dichter, wie um einen besonderen Pflastermaler; nicht einmal das Gezisch und Gefackel eines über die Gasse schwebenden Heißluftballons kann die Zuschauer ablenken.

Wieder allein, steht der alte Mann auf einem autolosen Platz, am Fuß einer Statue. Diese, weiblich, hat den Kopf in den Nacken geworfen, wie in einem Schrei, und die Kehllinie wirkt als Blickfang: von unten betrachtet, schimmernd von Glimmereinsprengseln, bildet sie mit der Brust vor dem Himmel eine Paßmulde, welche das Auge in die Weite zieht, und in der das Licht stofflich wird. Im Schutz der Pelerine zieht der Entzifferer, in einer einzigen Bewegung, einen Strich in sein Heft und setzt daneben das Wort »Ausfahrt«. Sein Gesicht erscheint dabei, seltsam für sein Alter, aufgeregt, mit rotfleckigen Wangen, eine Aufgeregtheit, die an jene des zum ersten Mal auf den Weg geschickten Botenjungen erinnert: Im nächsten Moment wird er seine Neuigkeit hervorstammeln, zugleich deren Urheber. Dann aber, geradeausschauend, läßt er sich ablenken: Quer über den Platz zieht, unter unverständlichem, vergnügtem Gurgeln, Jauchzen und Trillern, begleitet von zwei Vernunftspersonen, ein Haufen kindlicher und halbwüchsiger Idioten, allesamt mit einem Gang halb in der Hocke, welcher auf den ersten Blick etwas von einem massenweisen Sackhüpfen hat. Einige tragen einen Kopfschutz wie Eishockey-Spieler. Der Alte schaut ihnen unverwandt zu, und sein Gesicht bekommt dabei einen Ausdruck des Staunens, der Verzückung oder des Schwachsinns. Er und die Schar gehören zusammen; an ihr begegnet ihm unversehens etwas, von dessen Existenz er bisher nicht einmal geahnt hat. Mit offenem Mund betrachtet er sein Volk und steckt dabei sein Merkheft weg. Und indem er so schaut, gewinnt er weitere Angehörige dazu; denn seinem Blick folgt irgendwo auf dem Platz noch ein Dritter, diesem, erst verdutzt, dann verstehend, eine Vierte . . . Der Alte geht den Seinigen nach. Sein Schaukelgang ist ähnlich jenem der Jungen, jedoch ohne deren Mühsal.

Gleichfalls ein Menschenzug ist es, der den Soldaten dazu bringt, sich auf den Weg zu machen. Er steht weit draußen in einem Vorort, wie in der Nähe einer Grenze, als Wache bei einem bedrohten Kriegerdenkmal. Vor ihm eine Schnellstraße, dahinter ein breiter Fluß, der hier leicht überquerbar wirkt, mit mehreren hellen Wasserbahnen und dazwischengelagerten Schotterbänken. Der Soldat steckt in einer gefleckten Kampfuniform. Er hat dazu einen Stahlhelm auf und ein ihn weit überragendes Bajonettgewehr in der Hand; zu seinen Füßen das Krachen eines Sprechfunkgeräts. Die Augen sind im Helmschatten unsichtbar.
Lange keine Passanten, nur das Dahinbrausen

der Autos, viele Laster dazwischen. Zuerst dann kommen ein paar Kinder vorbei, auf dem Heimweg von einer Schule. Einer der Buben stellt sich ihm unter die Nase, Schuhkappe an Stiefelspitze, und harrt da aus, bis die Fingerspitzen des Soldaten plötzlich auf die Gewehrkoppel trommeln: im nächsten Moment ist der Wachhabende wieder allein. Darauf erscheint in seinem Blickfeld, an einer Straßenkreuzung, eine kleine Gruppe von Fußgängern, deren Festgewand in die fahle Werktags-Umgebung eine nicht geheure Pracht ausstrahlt. Das rührt von den dunklen Farben: dem Schwarz der Männeranzüge und dem einheitlichen Violett der Frauensachen, selbst der Hüte und Taschen. Es ist nur die Vorhut; diesen folgen nun mehr und mehr von den Festgästen, zu Paaren, als Pulk und schließlich als breite, auch über einen Teil der Fahrbahn ausschwärmende Masse. Deren Vorbeiziehen an dem Denkmal hat nichts von einem Defilieren: die Feiertagsleute scheinen dieses, samt dem Soldaten, gar nicht zu bemerken; ihr

Gehen ist eher ein Schlendern, geradezu ein Lustwandeln. Ganz und gar miteinander beschäftigt, unterhalten sie sich im Plauderton, welcher durch die weitausholenden Gesten und das selbstbewußte Leuchten in den Augen, selbst der Kinder, zugleich das Fest ausklingen läßt. Ja, sie begehen noch immer ihr Fest, keine Hochzeit oder Taufe, sondern ein öffentliches, religiöses, durch dessen eben erlebte Zeremonie sie, auch außerhalb ihres Gotteshauses, ausschließlich Weltliches redend, weiter versammelt bleiben; es handelt sich um ein großes Fest allein dieser besonderen Menge, welche Teil einer fremden Rasse ist. Keine äußeren Merkmale zeigen dies, nur ihr, im Vergleich mit den Gestalten in den vorbeipreschenden Autos, grundverschiedener Zeitsinn. Dieser erscheint vor allem an den jungen Frauen, die durchweg hohe Stöckelschuhe tragen und Kostüme mit kurzen engen Röcken, im Dahingehen schillernd: für sie ist es auch ein fleischliches Fest; zuhause wird eine jede von ihnen auf der Stelle sich ihrem

Begleiter hingeben, die Riesin ebenso wie die Liliputanerin, und in ihren Zimmern wird bis zum Einbruch der Dunkelheit die Sprache der Vereinigung herrschen. In der Langsamkeit, mit der sie sich auf der Straße bewegen, die Augen im Licht wie aus Glas, bereiten sie sich vor auf den, der drinnen im abgedunkelten Zelt dann ihr Mann sein wird.

Der Soldat steht nicht mehr vor dem Denkmal. An diesem lehnt nur sein Gewehr. Das Sprechfunkgerät ist stumm. Der Stahlhelm liegt unten am Flußufer, halb eingesunken in eine Sandzunge und gefüllt mit eiförmigen Kieseln und angeschwemmten Kiefernzapfen. In ihm fangen sich das Rauschen des Wassers, das Donnern eines Zuges und das Knattern eines Hubschraubers.

Der Soldat, mit am Scheitel wippenden Haaren, bewegt sich im Laufschritt durch einen Fußgängertunnel, der so lang ist, daß sich im fernen Fluchtpunkt eine Zeitlang kein Ausblick öffnet. Es begegnen ihm, alle mit den gleichen Plastiktaschen, junge Uniformierte wie er, auf dem Rückweg vom Supermarkt in die Kaserne, ohne ihn, obwohl kaum einer sich mit dem Nebenmann unterhält, zu beachten. Auch zwei Mädchen, ineinander eingehängt wie zum Schutz, schauen durch ihn durch, als hätten sie nur den Ausgang im Auge. Einmal hält er inne und kratzt mit einem Kurzdolch, dessen Scheide außen am Filzstiefel ist, eine winzige, fast in den Betonrillen versteckte Inschrift von der Tunnelwand und hat es nun nicht mehr so eilig; wendet sich dem Buch zu, welches er einer Tasche der Uniform, seitlich am Schenkel, entnimmt und sich, weiter geradeausschreitend, übergangslos darin vertieft.

Zum Tunnel hinaus gelangt der Soldat in eine andere Erdgegend. Die Hecken am Straßenrand haben immergrüne Blätter, wo es, in Schalenform, weithin von einer südlichen Sonne blinkt, und der Schuttkegel am Horizont wird durchzogen von einem versteinerten, ausgetrockneten Flußbett. Der Soldat setzt sich im Gehen eine dunkle Brille auf und öffnet den Reißverschluß seiner Jacke; in seinem Rücken, fern, fast mit den Wolken zu verwechseln, ein nördliches Schneegebirge.

Die junge Frau sitzt in der Haltung wie einst als Kind auf der Wäschekiste in ihrem Schlafzimmer auf einem Tropenkoffer, mit dem Rücken zum Fenster, dessen Vorhang, zugezogen, die Sonne einfängt; ebenso stumm, mit im Schoß verflochtenen Fingern und überkreuzten Füßen starrt sie vor sich hin, ohne Augen für die Umwelt. Im Unterschied zu dem Kinderzopf sind jetzt die Haare offen, und anstatt des Kleids mit den Riesenknöpfen trägt sie ein Reisekostüm. Ihre Stummheit wird freilich immer wieder unterbrochen. Wie in vorausgeregelten Intervallen bedenkt sie die Außenwelt mit einem Ausbruch, welcher ebenso Ernst sein kann wie Spielprobe: »Ihr! Dauernd kommt ihr damit, daß ich mich ändern soll. Aber ich *will* mich nicht ändern . . . Aber ich *will* nicht arbeiten. In der Arbeit verliere ich mich nur. Die Arbeit verdummt mich. Und euch genauso . . . Aber ich *will* nichts wissen. Ich will in kein Museum gehen, und ich will keine fremde Sprache lernen. Die Bilder möchte ich zufällig sehen, ohne Absicht, irgendwo, und nur in meiner eigenen Sprache kann ich so sein und mich zeigen, wie ich bin. In einer Fremdsprache kann ich nicht lieben. Im Wissen verliere ich mich wie in der Arbeit, es macht mich kalt und ahnungslos. Als Kind, kaum daß ihr zu euren Belehrungen ansetztet, habe ich mir sofort die Ohren zugehalten. Alle die Wissensbücher konnte ich schon deswegen nie lesen, weil die Sätze da so gebaut sind, daß ich davon nur das Geleier des Wissenden aufnehme. Ihr Wissenden saugt mir das Blut aus. Euer Wissen gehört sich nicht. Das Wissen ist tabu. Der Zutritt zum Wissen gehört verboten. Ihr Wissenden sollt euer Wissen verschweigen, und es nur in dringenden Fällen äußern, als Gedicht, oder Lied . . . Aber ich *will* nicht weg von hier. Was soll ich im Freien? Ich brauche meinen Raum um mich, und den finde ich nirgends als hier.

Gehen, laufen, fahren, verreisen? Mit den Wörtern *Gehen* und *Ins Freie* habt ihr mich immer in den hintersten Zimmerwinkel gejagt, hinter die spanische Wand, und bei den Reisen mit den Eltern bin ich jedesmal, kaum ins Auto gesetzt, auf der Stelle eingeschlafen und weiß von keiner Fahrt auch nur eine Einzelheit, außer eine Eiswaffel oder ein Klosett ohne Deckel, neben einer Tankstelle irgendwo. Die Züge stinken, auch wenn sie *Loreley* heißen, die Flugzeuge, auch wenn sie *Transworld* heißen und bis über die *Datumsgrenze* fliegen, entführen mich doch nur auf eine Betonpiste, hinter der mich gleich die Skyline der Zwillingsstadt heimwehkrank machen wird. Nie hat es mich in die Ferne gezogen. Ich habe keine Sehnsuchtsorte wie eure Insel Tristan da Cunha oder eure Antarktis oder den Fluß Wie heißt er noch, wo angeblich euer Platon spazierengegangen ist. Ich glaube nicht an das Wunder auswärts. All eure heiligen Quellen, Grotten und Bäume sollen endlich zu Kinderspielplätzen werden, mit Papier-

schiffchen, Taschenlampenlicht hinein in jede
Orakel-Spalte. Und laßt mich mit eurer Großen Natur. Bereits die Namen, *Linde*, *Rose*,
Schäfchenwolken, gehen mir nicht über die Lippen, schon weil sie so oft in den Sprüchen
standen, die wir uns früher in die Poesiealben
schrieben ... Nur aus Liebe würde ich von
hier aufbrechen; würde die Tage und Nächte
durchfahren; würde klettern, aufs Pferd springen, schwimmen, immer in der direkten Linie,
geradeaus, ohne eure Umwege ...«
Den letzten Teil ihrer Erwiderung hat sie an
eine Fliege auf ihrem Handrücken gerichtet.
Jetzt springt sie auf und läßt diese zum Fenster
hinaus. Dabei zeigt sich unten an der Einfahrt
zum Hochhaus ein Taxi, welches da schon
länger zu warten scheint; der Fahrer, daneben-
stehend und rauchend, greift gerade durch den
offenen Schlag in den Wagen und hupt mit
Nachdruck. Die Frau läuft in den Wohnraum
hinüber und betrachtet im Fernseher den Vi-
deotext mit dem Tageshoroskop: »Eine Entscheidung wird heute fällig. Versäumen Sie

nicht den günstigen Augenblick. Entscheiden Sie allein. Lassen Sie sich helfen nur in der Not. Die Not ist mehr als die bloße Bedrängnis, aus der Sie auch selber herausfinden können. Die Not erkennen Sie daran, daß Sie, wenn Sie sich wie gewohnt an den nächstbesten wenden wollen, dazu nicht mehr fähig sind.« Sie tritt zum Spiegel und streicht sich von der Schläfe über die Wange; die Augen sind aufgerissen, die Schultern verkrümmt, und sie hält sich nun beidhändig am Rahmen fest, so als würde sie aus ihren vier Wänden gleich ans Ende der Welt gezerrt werden.

Aber schon ist sie unten auf dem Weg zum Taxi, nach wenigen Schritten verwandelt wie beim Hinaustreten aus den Kulissen auf die große Bühne. Sie bewegt sich unternehmungslustig, und ein Aluminiumkoffer schlenkert an ihrer Hand wie leer. Die Augen geweitet vom Wind; an der Nase sich blähende Nüstern; zwischen den Lippen blinken die Zähne. Der Fahrer, von ihrem Anblick besänftigt, kommt ihr dienstfertig entgegen, und hat ihr im Handumdrehen das Gepäck abgenommen, welches bei ihm auf einmal doppelt so schwer wirkt. Im Einsteigen wendet sie sich nach dem Hochhaus um – eine Sichtbetonfront mit dunkelgebeizten Holzbalkonen, die Dachterrassen bekrönt mit zwergenhaften Zypressenhainen – und läßt ein Ausatmen hören. Dabei öffnet sich ihre zur Faust geballte Hand, und ein Schlüsselbund klirrt zu Boden. Er liegt, die vielen verschiedenen Exemplare auseinandergefächert, auf dem Asphalt, gerade neben einem einzelnen Blatt eines Gingkobaums, angeweht wie von sehr weit, klein, mit um so längerem Stengel, eher das Blatt einer Blüte als eines doch mächtigen Baums.

Das Taxi prescht los, und ist schon um die Ecke verschwunden. Auf den Straßen dann eine Folge von Bildern der Unschlüssigkeit: Fahrbahnwechsel nach links und zurück in die Mitte; Richtungsänderung, plötzlich, spitzwinkelig; Rückwärtsstoßen auf freier Strecke.

Zuletzt hält das Taxi an einer Kreuzung,

bleibt dort, auch bei Grün, stehen, läßt sich beidseits überholen. Hoch darüber hängt, an Drähten befestigt, eine Ampel, trotz ihrer Massigkeit immerfort schwankend, in einem geisterhaften Rhythmus, durch welchen das vierschrötige Gerät zu Häupten der Leute für Momente eine schon bedrohlich sich wiegende und, mit ihrem farbenwechselnden Glühen in alle Himmelsgegenden, nach baldigen Menschenopfern verlangende tausendäugige Göttin verkörpert.

Der Spicler liegt auf der Erde, im Steppengras, mit dem Gesicht nach unten, angestrahlt von einer Frühlingssonne. Der Fleck, wo er liegt, ist ein Brachland noch weltferner als das vorige, ohne Lachen und Schutthaufen, die paar Randbäume sämtlich verkrüppelt, die Mehrzahl sogar verdorrt, und kein Geräusch als das Sausen des Windes, der wie ungehindert von irgendwelchen Ansiedlungen oder Anpflanzungen gleichmäßig aus der Menschenleere bläst; es ist, als habe sich der Mann verwundet hierher geschleppt, wo niemand ihn finden soll. Trotzdem gab es an dem Ort vorzeiten eine Zivilisation; fast überwachsen von Efeu, mit einem Hügel zu verwechseln, erhebt sich hinter den Bäumen, mit dem Anschein eines Felsblocks, eine Ruine: weißumrandetes Portalloch und die untere Hälfte eines einstigen Fensters. So rein altertümlich ist die Stätte jedoch nicht: Zur einen Seite des auf die Erde Gestreckten eine Feuerstelle, geschützt von einem Kreis aus Steinen, die Asche noch frisch, mit ein paar Spuren von Tropfen, aus denen kein rechter Regen wurde, und zur andern ein Gummiring, wie üblich in der Form einer Acht.

Unversehens springt der Spieler auf die Beine und geht vor bis zu einem zwergblättrigen Buchsbaum, an dem ein von Graswirbeln umschlossener Stein die frühere Grenze des Anwesens zeigt. Er setzt den Fuß drauf und betrachtet den Strauch, welcher ihn, Seltenheit bei diesem Kleingewächs, weit überragt, zierlich und urwaldhaft in einem. Die Zweigspit-

zen, schon lang nicht mehr beschnitten, sind
ins Kraut geschossen zu schütteren Büscheln,
die ein jedes in eine verschiedene Richtung
zeigen und etwas von den gebündelten Weg-
weisern am Rand des Erdkreises haben. Der
eine Wildsproß oben an der Krone, pfeillang,
windschief, bewegt sich immerzu und nickt zu
einem der kahlen Bäume hin, der, vom Efeu
von Kopf bis Fuß ummantelt und entästet,
keine Gattung mehr erkennen läßt und eher an
einen verwaldeten Pfahl erinnert. Dieser verbreitert sich am Kopfende, und dort ist der
Efeu durchkreuzt von Zweigruten, so daß
dem Pfahl scheinbar ein Horst aufsitzt. Nein,
dieser ist wirklich: Es regt sich etwas in ihm,
und den Nestrand erklettert ein Wanderfalke,
vielleicht vor ein paar Tagen erst im Norden
flügge geworden, erkennbar an seinem fast
adlergroßen, regenwolkengrauen Umriß, aus
dem die gelben Kreisaugen lugen. Er macht
keine Anstalten, wegzufliegen, sitzt nur da,
glattfiedrig, ungeplustert, sogar die Augen
ohne eine Regung, nicht aufbruchsbereit, son-

dern nach weiter Reise auf einer Rast, die noch lange dauern wird. Dafür geschieht nun etwas mit dem Betrachter am Boden: Was zuerst einem Tick oder einer Grimasse ähnelt, erweist sich dann als Lachen, still, über das ganze Gesicht – so hat er seit seiner Säuglingszeit nicht mehr gelacht. Und aus dem Stand fällt er unmittelbar in einen langsamen Lauf, welcher den Falken oben am Horst nicht einmal zum Kopfwenden bringt.

Während der Spieler dahinläuft, bedenkt er, sich mittendrin auch um sich selber drehend, den Umkreis mit seinem Blick. Ein Moment nur scheint vergangen, und schon trifft er auf die ersten menschlichen Lebenszeichen, ein Papierschnitzel, an einen Dornbusch geheftet von Pfadfindern, mit der Kinderhand-Aufschrift: »Folgt diesem Zettel«. Er wendet sich in eine andere Richtung und steht im nächsten Augenblick vor einem Zettel mit demselben Text, diesmal schon nah an Behausungen, in den vergitterten Abfallkorb neben einer Sitzbank gefädelt. Wieder schlägt er sich seitlich davon weg in das Dickicht und trifft im nächsten Moment auf eine Truppe von Männern und Frauen im Trainingsanzug, welche auf der Kniebeuge-Station eines Trimmpfads die vorgezeichneten Übungen befolgen. Nachdem der Spieler von neuem das Weite gesucht hat, biegt vor ihm, in einem parkartigen Friedhof am Stadtrand, aus der Menschenleere unversehens ein Trauerzug um ein Mausoleum, bei zugleich einsetzendem Glockengeläut, und er schließt sich ihm an, mit einem Nicken begrüßt von einem Fremden, von dem er sich kurz vor dem offenen Grab ebenso wieder verabschiedet und wegläuft zum Ausgangstor. Schon ist er im Getümmel der Innenbezirke, wo er stetig so weiterläuft. Nur einmal, auf einer kleinen Freistrecke, stockt er dann, vor niemandem, und zwar so jäh, daß ihm seine Spielerwürfel, gleich mehrere, aus der Tasche auf den Gehsteig springen. Noch im Dahinrollen stoppt er sie, sammelt sie ein und verschwindet damit um die Ecke, wie im Gegenzug. In eine andere Richtung ziehen auch die Düsenjäger-Streifen am Himmel, in eine andere rollt ein Zigarettenstummel, in eine andere geht die junge Musikstudentin mit ihrem Instrumentenkoffer, in eine andere kurvt, von einem Unsichtbaren betrieben, auf dem Asphalt ein Spielzeugauto. Ruf des Läufers zurück über die Schulter: »Alle mir nach!«

Ebenfalls spielzeughaft wirkt jene Eisenbahn inmitten der Innenstadt, vor der Schaufensterfront eines großen Kaufhauses. Sie steht ohne einen zugehörigen Bahnhof, auf Schienen, die gleich hinter dem letzten Waggon übergehen in einen Marktplatz und den Eindruck einer Attrappe so noch verstärken. Der Zug ist aber gedrängt voll mit Leuten, von denen immer noch welche, anders als bei Straßenbahnen beladen mit Reisegepäck, gelaufen kommen und zusteigen. Wie nur bei speziellen Fernzügen sind die Teile verschiedener Einzelzüge aneinandergekoppelt, und die Lokomotive befindet sich weit vor der Plattformspitze. Durch seine Überlänge, und mehr noch durch die Aufgeregtheit und Unbeholfenheit der Passagiere, die keine Alltagsreisenden sein können, entsteht für einen Augenblick das Bild eines Sonderzugs, ausschließlich bestimmt für eine aus dem ganzen Land zusammengekommene Gruppe, von Auswanderern, oder von Pilgern.

Immer noch ist es mittagshell, ein Mittag in einem Frühlingslicht, dessen Glanz sich vor allem auf den gewölbten Kuppen der Waggons zeigt. Ein Signal ertönt, kein Pfiff, sondern ein Tuten wie von einem Ozeandampfer, so lang anhaltend, daß sich ein Kind auf dem Bahnsteig, indem es sich rhythmisch die Ohren zuhält und wieder aufmacht, damit ein Hörspiel erzeugt. Anders als bei großen Ausfahrten jedoch stehen auf dem Quai kaum Abschiedsgruppen zusammen; Begleiter, die zu den herabgeschobenen Fenstern emporschauen, sind selten, und wenn, dann fast immer einzeln. So braucht der Spieler, über den Platz mit den Buden gekurvt, in seinem langsamen Lauf sich an niemand weiter vorbeizu-

schlängeln und kann geradewegs auf das eine
Abteil zuhalten, das ihm, nicht nur durch einen Gang, sondern auch direkt von außen zu
betreten, noch bevor er da ankommt, in einem
Schwung geöffnet worden ist. Nach ihm wird
die Tür dann zugeschoben wie eine Seilbahn-
kabine, bei der die Höchstzahl der Passagiere
erreicht ist.

Drinnen allerdings, als er sich gesetzt hat, sind
noch Plätze frei. In dem Abteil befinden sich
nur drei andre Personen, zusammengewürfelt
und zugleich in einer Haltung des Einver-
ständnisses; mit dem Spieler ist die Gruppe
vollständig. Dabei würdigt die Frau am Tür-
fenster ihn keines Blicks, faßt vielmehr ihren
Aluminiumkoffer ins Auge, so als sei der in
Gefahr; der alte Mann ihr gegenüber ist, den
Bleistift in der Hand, in sein Merkheft vertieft;
und der Soldat kehrt ihm den Rücken zu, an
der Tür aufgepflanzt als deren Bewacher.
Wirklich wollen dann noch welche herein:
Erst ein lautes Paar, das angesichts der vier
sofort verstummt und weitergeht, und danach

ein Priester im Reisegewand, der, schon auf der Stapfe, nach einem Gruß in den Kreis wieder verschwindet, wie um seine Bewillkommnung im nächsten Abteil fortzusetzen. Nur ein Kind, kräftig genug, die Türe allein aufzuziehen, schiebt sich an dem Soldaten vorbei, als ob nichts wäre, und muß erst von den Eltern, die nach ihm die Köpfe hereinstecken, hinaus ins Freie befohlen werden, mit dem Ruf: »Nicht da! Woandershin!« Das Kind gehorcht mit einem Achselzucken.

Das Getriebe draußen beruhigt sich. Aber der Zug steht. Es ist noch Zeit. Der Soldat nimmt seinen Platz ein; richtet sich dann auf, wie wartend, nicht auf ein Ereignis, sondern auf ein erstes Wort. Es ist die Frau, die sich selbstverständlich an die drei anderen wendet und spricht: »Nach der Kindheit fing ich an umherzuirren. Ich ging von zuhause weg, in immer größeren Kreisen, bis ich nicht mehr wußte, wo ich war. Wenn man mich dann aufgriff, in einer fremden Kleinstadt oder auf dem freien Land, konnte ich auch meinen

Namen und die Adresse nicht mehr nennen. Ich habe meistens den Zug genommen, nie einen Fernzug, immer die Vorortzüge oder die Lokalbahnen, irgendwohin, jedesmal ohne Rückfahrkarte. Was habe ich dort getan? Man hat mir gesagt, ich sei nur herumgesessen, in den Warteräumen der Endstationen und Sackbahnhöfe, oder auf den Verladerampen, manchmal auch weiter draußen an den Acker-rändern, Baggerseen, Bachstegen, zu allen Jahreszeiten. Auffällig gemacht habe ich mich erst im stundenlangen Dasitzen – mein Durch-die-Gegend-Irren vorher soll von außen voll-kommen zielbewußt gewirkt haben, wie das Gehen einer Ortskundigen. Oft haben mich dann Männer zu sich ins Auto steigen lassen, aber angerührt hat mich keiner, nicht einmal eine Hand ließ sich nach mir ausstrecken, ebenso auch kein Gespräch mit mir führen, weil auf jede Bemerkung mein Ich-weiß-nicht kam. Statt dessen hat man mich zur Polizei gebracht. Eine Landstreicherin konnte ich nicht sein, das kam nicht in Frage, sogar die

Dorfgendarmen sind bei meinem Anblick hinter ihren Barrieren hervorgekommen und haben auf einmal nicht mehr im Dialekt geredet. Und ich hatte auch immer genug Geld bei mir. Doch dafür bin ich zum Fall geworden. Statt nach Hause hat man mich in die Anstalt gebracht. Dort wurde ich in Abständen den Studenten vorgeführt, in einem Hörsaal, der die Form eines Amphitheaters hatte. Der Professor ließ mich auftreten, nicht weil ich eine Kranke war, sondern weil ich es war. Obwohl ich auf seine eingespielten Fragen nur mit Ja oder Nein antwortete, schüttelte er mir danach die Hand mit seinen beiden Händen und hielt mir die Abgangstür auf. Und auch die Studenten waren von mir begeistert. Zwar kann mein Umherirren keine Freude gewesen sein, denn man fand mich dabei oft, wie ich saß und weinte oder sogar laut um Hilfe rief — aber dem Kreis der Zuschauer über mir hat mein Auftritt die Augen geöffnet für etwas ihnen bis dahin Unbekanntes. Während ich bei den Geisteskranken, die vor mir sich herzeigen mußten, in meine Wartezelle hinein vom Publikum Husten oder Gelächter hörte, wurde es bei mir immer stiller. Sie haben mich nicht bedauert, sondern beneidet. Was sie von mir erfuhren, hat sie sehnsüchtig werden lassen. Sie wollten, statt sich zuhauf in den vertrauten Straßen zu bewegen, auch so im Traum und allein umherstreifen wie ich. Durch meine Abenteuer hat sie das Fernweh gepackt, nicht nach den anderen Kontinenten, sondern nach den umliegenden Dörfern und Landstädten, die bis dahin völlig nichtssagend gewesen waren. Durch mich bekamen deren Namen einen Klang, und die Orte erschienen als ein mögliches Ziel. Obwohl ich in dem Anstaltshemd dastand, ohne Strümpfe an den Füßen, war ich für die Hörer eine Heldin. Mir ging es ja auch viel besser als ihnen, die glaubten, es gehe ihnen gut, obwohl es mir nicht ganz so gut ging. Und es war auch einer von euch darunter, als Gasthörer. Er kam zu meinen Auftritten nur, weil ich für ihn den ersten Menschen darstellte, von dem er ergriffen war. Er kam, weil er mich verehrt hat.«

Es fällt ihr etwas zu Boden. Der Soldat bückt sich. Es ist eine Füllfeder mit einem Perlmutt-griff. Er dreht sie langsam in der Hand, wobei das Licht von außen wie durch den Griff scheint. Der Anfangsruck geht durch den Zug. Die Ausfahrt geschieht unter zwei Bäu-men – der eine an den Schienen, der andre an der begleitenden Straße –, deren Astwerk in-einandergewachsen ist und einen Bogen bil-det. Dieser ist freilich nicht regelmäßig, denn der Baum an den Gleisen ist für die Drähte und den Strommast beschnitten, und der Ast-bogen hat da verbrannte Stellen, oder ist kahl, mit dem Anschein eines Mammut-Horns. Das Gewölk in der Öffnung sind Benzin- und Rußschwaden, denen die durchfliegenden Vö-gel ausweichen. Der Bahnsteig glänzt einen Augenblick menschenleer; auf einem Hoch-hausturm die Aufschrift HOTEL EUROPA.

2

Die vier in dem Abteil haben zunächst in allem innegehalten. Der Spieler hat die Zigarette unangezündet im Mund und das Feuerzeug in der Hand. Der Soldat hat den Finger im geschlossenen Buch. Der alte Mann, die Spitze des Bleistifts zwar im Heft, aber untätig, läßt daran das CUMBERLAND sehen. Die junge Frau wartet ab, bis sie sich im Taschenspiegel weiter die Lippen nachziehen kann. Es ist, als dürfe vorderhand auch nichts mehr gesprochen werden. Das Schweigen verstärkt das Einverständnis. Nur die Frau blickt wie fragend von einem zum andern; sie ist auch die einzige, deren Kopf nicht hin zum Fenster gewendet ist. Dort draußen folgen binnen kurzem mehrere kleine Tunnels und Viadukte aufeinander. Danach, ohne daß Vegetation und Hausformen sich auffällig ändern, herrscht, wohl durch den freieren Himmel, ein anderes Licht. Der Zug, zuerst eine Zeitlang mit hoher Geschwindigkeit unterwegs, wie aufgebrochen in eine ferne Metropole, hält dichtauf an vielen Stationen, wie bei einer Straßenbahn. Die Schienen haben sich freilich längst von der Straße getrennt und führen bald an Äckern und Wäldern vorbei, dann auch schon eine kleine Weile mitten dadurch. Es gibt kaum mehr Zusteigende; und an jeder Haltestelle verlassen ganze Massen den Zug, die sich schließlich, jeweils in Prozessionen, auf sich wiederholenden Landstraßen den in der Regel kilometerweit entfernten Kirchdörfern auf den immer gleichen Hügeln entgegenbewegen. Es kommt eine Station, eigentlich nur ein Unterstand im Grünen, wo der einzelne Mensch, der da, mit seiner Arbeiter-Aktentasche, aus dem Zug wie ins Dickicht entschwindet, so sehr als der letzte Mitpassagier wirkt, daß die Frau – inzwischen sogar sie zum Fenster gekehrt – jäh, mit dem Blick einer alten Angst, nach der Ausstiegsschnalle greift. Es ist der Greis, der sie zurückhält, indem er kurz den Kopf schüttelt – und dann stoppt auf dem zweiten Gleis auch schon der gar nicht so leere Gegenzug, und durch den Mittelgang trampelt eine Gruppe von durcheinander-schreienden Schülern. Und ebenso ist es der Alte, der auf der Weiterfahrt seine überra-schend hohe Stimme erhebt, zu einem Wort für Wort deutlichen, jeden Krach übertönen-den Singsang: »In der Kindheit der Völker begannen jenseits der Berge und Meere die unbekannten Länder. Man hatte Namen für sie, wußte aber nichts von dem Ort und der Lage. Nur die Himmelsrichtungen waren halbwegs sicher: Die Quellen des Nil, das war der Süden, der Kaukasus war etwa der Osten, das legendäre Atlantis der Westen, und der Norden, das war dann Ultima Thule. Kamen die Handelsfahrten und die Eroberungszüge, kam die Geschichte, kam, mit Gewalt und in Sprüngen, das Erwachsenen-Alter der Völker und entzauberte die Legenden der Kindheits-geographie. Entfärbt die Quellen des Nil, die Gipfel des Kaukasus aus den einsamen Him-melhöhen herab auf ihren tatsächlichen Maß-stab gebracht, abgedankt Thule als der Thronsitz am Ende der Welt, kein Atlantis wird je wieder auftauchen. Blieben freilich die Namen und gewannen in den Epen und Gesängen eine das Reich der Legenden erst mit Leben erfüllende Märchenkraft, und so strömten Euphrat und Tigris um so wirklicher aus dem Paradies, und landete Noahs Arche nach der Sintflut um so wirklicher auf dem Berg Ararat, und schwimmt das Kind Moses für immer in seinem Korb auf dem langsam fließenden Nil. Der Name ist der Gast der Wirklichkeit! — Ebenso haben wir in unserer Kindheit den paar kleinen Lieblingsorten Namen der Ferne gegeben, und so hieß der Bach am Rand der Viehweide, wo wir bei Regen unter einem Baum die Kartoffeln brieten, vielleicht Lethe oder Fluß des Vergessens, hingen die paar dünnen Lianen faustdick im Urwald am Amazonas, war der Felsen hinter dem Haus ein Ausläufer der Sierra Nevada, die wilden Lilien obenauf in Indianerfarben, führte der Durchschlupf der Gartenhecke in unsere Neue Welt. Und auch wir sind nun erwachsen, und alle

Namen aus jener Zeit, ausnahmslos alle, sind außer Kraft. Auch wir haben nun eine Geschichte, und was damals war, in jener Zeit, ist durch keine Wiedertäuferei zu erneuern. Ich glaube nicht an eine Wiederholbarkeit jener Zeit – hätte auch jener Bach jetzt tatsächlich sich zum Fluß verbreitert, wären auch jene Lianen inzwischen unzerreißbar, stünde auch an der Stelle der Lilien plötzlich greifbar ein Apache oben auf dem Felskopf. Aber ich glaube immer noch, ja zum Unterschied von damals im Ernst, nicht im Spiel, an die Kraft der Orte. Ich glaube an die Orte, nicht die großen, sondern die kleinen, die unbekannten, im Ausland ebenso wie im Inland. Ich glaube an jene Orte, ohne Klang und ohne Namen, bezeichnet vielleicht allein dadurch, daß dort *nichts* ist, während überall ringsherum *etwas* ist. Ich glaube an die Kraft jener Orte, weil dort nichts *mehr* und *noch* nichts geschieht. Ich glaube an die Oasen der Leere, nicht abseits, sondern inmitten der Fülle hier. Ich bin gewiß, daß jene Orte, auch gar nicht leibhaftig betreten, immer neu fruchtbar werden, schon mit dem Entschluß des Aufbruchs und mit dem Sinn für den Weg. Ich werde dort nicht verjüngt werden. Wir werden dort nicht das Wasser des Lebens trinken. Wir werden dort nicht geheilt werden. Wir werden dort keine Zeichen sehen. Wir werden dort einfach gewesen sein. Wir werden auf einem Stück verrotteten Bohlenwegs, an in der Wildnis verrostenden Teppichstangen vorbei, dort hingegangen sein. Das Gras wird dort gezittert haben wie nur das Gras, der Wind dort wird geweht haben wie nur der Wind, die Ameisen werden durch den Sand gezogen sein als der Ameisenzug, die Regentropfen im Staub werden die unvergleichliche Form von Regentropfen im Staub angenommen haben: Wir werden an jenem Ort, auf den Fundamenten der Leere, einfach die Verwandlung der Dinge gesehen haben – in das, was sie sind. Schon unterwegs, nur durch unser Anschauen, wird ein starrer Halm zu schwanken begonnen haben, wird umgekehrt vor einem Baum unser Inneres für den Augenblick aufgewachsen sein zur entsprechenden Baumgestalt. Ich brauche jene Orte und – so hört nun das bei einem alten Menschen allerseltenste Wort – ich sehne mich nach ihnen. Und was will meine Sehnsucht? Nichts als Besänftigung.«

Im Verlauf seiner Ansprache hat sich die Witterung mehrmals geändert, im Wechsel zwischen Sonne und Regen, Windstille und Sturm, aprilhaft. Dem von dem Zug überquerten Fluß, kaum ein Rinnsal zwischen den Schotterbänken, folgt ein zweiter, sich wälzend mit trübem Hochwasser, der vielleicht nur der nächste Mäander des ersten ist. Wie so oft bei Lokallinien, liegen die Stationen in einem immer größeren Abstand. Mittendrin hat der Zug einmal lange auf offener Strecke gehalten. Der Wind ist dort so heftig gewesen, daß es den ganzen schweren Waggon immer wieder gerüttelt hat. Welke Blätter, Rindenstücke und Zweige sind gegen das Fenster geprallt. Als der Zug endlich anruckte, kreuzten da die Striche der Fahrt-Regentropfen jene der Wartezeit durch.

Die Ankunft geschieht auf einem Sackbahnhof, der, seltsam in der ländlichen Umgebung, gekennzeichnet ist von sehr vielen Schienensträngen. Diese enden sämtlich vor einer Betonbarriere und sind, bis auf die zwei glattgeschliffenen beidseits der Plattform, rostbraun. Der Bahnhof liegt in einer künstlichen Senke; hinaus führt eine steile Treppe, und die vier, der Soldat als Kofferträger der Frau, gehen da in der Gruppe, langsamer als die paar übrigen, von denen sonst keiner an dem Ort nicht zuhause ist. Aber auch die Neuankömmlinge sind sich ihres Wegs gewiß: Oben durch die Schwingtür des Schalterhauses getreten, wenden sie sich ohne Zögern in die von dem Spieler, der an der Spitze geht, nur kurz mit dem Arm angedeutete Richtung. Dort, jenseits einer unasphaltierten Fläche – nackte Erde mit ein bißchen stoppeligem Gras –, die an einen verlassenen Vieh- oder Wanderzirkusplatz erinnert, beginnt schon ein großer, sehr dichter Wald, die Stämme auf den ersten Blick bis tief hinein, wo dem Anschein nach Düsternis herrscht, wie beschneit, in Wirklichkeit aber weißhäutige Birken. Auf dem Platz stocken die vier dann, ein paar Schritte vor dem Waldsaum, vor einer Art Grenze: Hier ist der Übergang von der gelblichen Lehmfläche in den buckligen, unter den Füßen federnden schwarzen Torf. Dieser ist zudem deutlich erhaben, und zu dem Wald, der darin wurzelt, geht es sogar mannshoch hinauf. Statt eines Wegeinschnitts gibt es an der Erdwand mehrere kleine Holzleitern, zu deren einer der Spieler die anderen hinweist, in einer kleinen Schlenkerbewegung, welche zeigt, wie er sich überall sofort zurechtfindet. Als letzter klettert er empor und übernimmt oben wieder die Führung. Schon schlendernd im Waldinnern – es wächst zwischen den Birken kein Gebüsch –, drehen sie sich zu viert nach dem Bahnhof um, auf den jetzt von allen Sei-

ten Passagiere zugehen, trotz des freien Platzes
jeweils einer hinter dem andern im Gänse-
marsch; durch die weißen Stämme davor
scheint der barackenförmige Bau irgendwo in
der Taiga zu stehen.

In dem Waldraum strahlt es vom Birkenlicht.
Die Bäume stehen auf Moospolstern, in der
Regel jeweils mehrere in einem Kreis, wie
aus einer gemeinsamen Wurzel gewachsen,
und drehen sich beim Vorbeigehen in einem
Reigen, der mit der Zeit schwindlig macht.
Über kurz oder lang aber sind die vier, auf
einem unvermittelt einsetzenden Gehweg –
weiße Steine, die den schwarzen Grund
sprenkeln –, hinaus in eine weite geschwun-
gene Lichtung getreten. Diese hat sich schon
vorher angekündigt durch die Wildbeeren-
sträucher anstelle des Mooses, und durch den
Weg, der einen zusehends dichteren Grasmit-
telstreifen bekam. Die Mündung ins Freie
dann war so breit, daß die vier nebeneinander sein konnten. Auf der Schwelle haben
sie, jeder für sich, einen Augenblick innege-

halten, und die Frau hat sich bei dem Alten eingehängt, der dazu genickt hat. Jetzt schwärmen sie in verschiedenen Richtungen hinaus in das Grasland, so als bräuchten sie keinen Führer mehr.

Die Lichtung ist leicht hügelig, in der Form einer ins Moor gedrungenen Moränenzunge, und so groß, daß das Rehrudel an ihrem anderen Ende trotz der keineswegs lautlosen Neuankömmlinge ruhig weiteräst. Nur der Bock hat kurz den leuchtbraunen Kopf gehoben wie ein Häuptling, und seine weitverstreuten Tiere sind momentlang als ein Stamm von Indianern erschienen. In der Mitte der Lichtung, darin eingesenkt, findet sich ein kleiner See, der zunächst künstlich wirkt und sich dann, mit den Schilfinseln und dem schwarzschlammigen, von vielfältigen Wildspuren gezeichneten Ufer, als Moortümpel erweist. Nur an einer Stelle, sozusagen an der Nase der Moräne, ist er über deren Schotterausläufer trockenen Fußes zu erreichen, und hier ist sein Wasser, statt undurchdringliche spiegelnde Oberfläche, klar bis hinab auf den Grund, wo der Blick auf die helle Kieselwanne noch geschärft wird von den gläsernen Schlieren der unterirdisch da aus der Moräne austretenden und sich, verfolgbar bis ans Ende der Steinstrecke, in den See hineinschlängelnden und ihn speisenden Quelle. Das ist auch der Platz für die eine hölzerne Hütte, hellgrau verwittert, die Planken voll bernsteingelber oder weihrauchfarbener Pechstreifen, und den eigentümlichen Bootssteg, einmal abschüssig, einmal ansteigend, in Kurven vorspringend ins Leere wie eine Achterbahn.

Hier versammeln sich nach und nach alle. Die Frau, der Alte und der Soldat schauen zu, wie der Spieler aus der Manteltasche einen überfaustgroßen Schlüsselbund angelt, das Vorhängeschloß an der Hütte aufsperrt, die Torflügel entriegelt und sperrangelweit öffnet, das Metall-Glas-Geviert drinnen aufschließt und, nachdem er darin einen letzten Schlüssel gedreht hat, mit einem länger und länger werdenden Wagen, einem Wohnmobil, vorfährt, von dem dabei die Birkenzweige rutschen, wie Tarnung und Schmuck in einem.

Er hat dann die Hintertür aufgeschoben, einen Klapptisch ins Gras gestellt, ein weißes Tischtuch darauf gebreitet und so das Ufer zur Terrasse gemacht. Der Soldat ist ihm beigesprungen, indem er aus dem Wageninnern vier Stühle dazugeholt hat. Doch diese bleiben vorderhand leer. Der Alte verschwindet zielbewußt zwischen den Waldbäumen, der Spieler ebenso in seinem Autohaus, und die Frau, wieder ihren Silberkoffer in der Hand, winkt den Soldaten damit auf den Bootssteg. Dort stellt sie sich hinter ihn und verpaßt dem Burschen zunächst mit Schere und Kamm, die sie dem Koffer entnimmt, eine neue Frisur, heißt ihn danach mit einer kurzen Geste die Uniform ausziehen und kleidet den fast Nackten in Zivilsachen, ebenfalls aus dem Koffer. Sie tritt dabei immer wieder zurück und betrachtet scharfäugig weniger den Soldaten als ihr Werk, zupft, zerrt und bürstet an dem andern herum, der jedoch keine Miene verzieht. Er wirkt ganz selbstverständlich verwandelt, aus einem pummeligen Dörfler in einen gewandten, alterslosen, sommerlichen, zu allem bereiten Weltstädter; nur seine Augen, als er den Kopf zurück zu der Frau wendet, blicken ernst wie früher, und sehen hinter der vergnügt Lächelnden, von sich selber Begeisterten, auf den alten Mann, der gerade barhäuptig, den Hut in der Hand voll mit Pilzen, heraus auf die Lichtung tritt. Während die Frau dem Soldaten mit einer Ahle – sie hat alles Nötige im Koffer – ein zusätzliches Loch in den Gürtel bohrt, putzt der Sammler, daneben am Ufer sitzend, seine vielfältigen, vielfarbigen Früchte, und einer wird wechselweise zum Zuschauer des andern.

Der Tisch ist inzwischen für alle gedeckt. Auch der Spieler im Wagen erscheint verwandelt, nicht bloß, weil er in Hemdsärmeln und einer geblümten Schürze dort an der Herdplatte wirtschaftet. Er hat zum Kochen eine Halbbrille auf, und nur noch, wenn er manchmal unvermittelt oben über die Ränder schaut, ist sein Blick abweisend und gefährlich wie ehedem. Während er sich in der Enge der Kombüse formvollendet bewegt, als Koch – jetzt die Wasserflecken von den Gläsern wischt, jetzt die Teller zum Wärmen ins Backrohr schiebt, im nächsten Moment sich nach den vom Autoplafond hängenden Gewürzbüscheln streckt –, schlurft er beim Aus- und Eingehen durch den Wagen wie ein langjähriger Wirt.

Die Frau und der Soldat sitzen unterdessen draußen am Tisch und warten. Der Alte lagert mit seinem Zeltleinwand-Heft abseits auf einer Moosbank, seine Kolumnen malend wie in Übereinstimmung oder Antwort auf die Küchengeräusche. Dann sitzt auch er still da, freilich ohne Erwartung; sein Sitzen, wobei er sich zusehends aufrichtet, gilt ausschließlich dem Ort oder allein dem Licht da; seine Pelerine, ohne Wind, erscheint gebauscht. In dem Quellwasser zu seinen Füßen, in die Kiesel gebohrt, eine Weinflasche.

Dann sitzen alle vier am Tisch, und die Mahlzeit ist zu Ende. Nur noch die Gläser stehen da, aber der einzige, der Wein trinkt, ist der Alte; der Spieler und die Frau rauchen; der Soldat ist ein wenig weggerückt, hat die eine Ferse über das andere Knie gelegt und schlägt hinter der vorgehaltenen Hand eine unsichtbare Maultrommel, einzelne Akkorde, mit so langen Pausen dazwischen, daß wir schließlich aufhören, eine Melodie zu erwarten. Wie als Antwort auf die Musik, setzt der alte Weintrinker nach jedem Schluck ab, oder wartet, das Glas in der Schwebe. Unter seinem Blick wird der offene Hintereingang des Wohnmobils zur Höhle, und das Schindeldach der Bootshütte wölbt sich; ein Schimmer geht davon aus, wie von den Schuppen der Fische, die sich an der Seeoberfläche um die Essensreste drängen. Die ganze Lichtung hat jetzt im Umkreis die Gestalt eines Gartens, wo keine Zeit mehr zählt. Keine Geräusche werden vernehmlich als die des Gartens hier, das Flattern des Tischtuchs, das Aufklatschen eines Fischleibs, das kurze Schwirren und Piepsen eines

Vogels unter den Farnen des Waldrands. Die Wolken ziehen an einem Himmel, welcher im Aufschauen so hoch wird, daß sich über den Köpfen und Baumwipfeln spürbar ein Raum wölbt. Das Blau zwischen den Wolken beschreibt Schlangenlinien und scheint unten nicht nur im Wasser, sondern auch in den Halmspitzen und sogar der dunklen Torferde wider.

Die Frau und der Alte haben sich hinter dem Wagen ausgezogen und sind umstandslos in den See gelaufen; das Laufen des alten Mannes geschah aus dem Stand, wie das eines Kindes, woran auch seine dahinrennenden Füße erinnern; die Frau folgte ihm, wie bei einer Vorgabe im Wettlauf, überholte ihn aber erst im Wasser. Der Spieler und der Soldat, gleicherweise mit Zahnstochern am Mund, schauen zu, wie die beiden hinausschwimmen. Weit draußen wendet sich die Frau an den alten Schwimmer neben sich und sagt – der Moorsee ist warm – mit einer Stimme, als schlenderten sie miteinander auf einem Weg: »Ich möchte fürs erste hierbleiben. Ich kann es mir woanders jetzt nur zu heiß oder zu kalt und zu hell oder zu dunkel und zu still oder zu laut und zu voll oder zu leer vorstellen. Ich habe eine Angst vor jedem neuen Ort, und einen Widerwillen gegen alle alten. An den bekannten erwarten mich der Schmutz und die Häßlichkeit, und an den unbekannten die Verlassenheit und die Wirrnis, die der Fremde zusammen mit meiner eigenen. Ich brauche das hier. Schon wahr: Ganz bei mir fühle ich mich erst unterwegs. Aber ich brauche dann einen Platz, wo ich mich ausbreiten kann. Nenn mir eine Frau, die angeblich ein reines Kofferleben führt, und ich erzähl dir von den kleinen Sachen, die dir sofort nach ihrer Ankunft aus allen Winkeln in die Augen springen, ein gerahmtes Photo hier, eine Zahnbürste dort. Ich brauche meinen Platz, und dazu brauche ich Zeit. Ich wünsche mir, hier länger zu bleiben.«

Der Mitschwimmer taucht unter, und als er wieder an die Luft kommt, hat er den Kopf eines faltigen Säuglings. Er antwortet, mit einer Stimme, die vom Wasser tief geworden ist und sich aus dem Innern über die Seefläche schwingt: »Dieser Wunsch kann nicht erfüllt werden. Und wenn, so brächte er auf Dauer keine Erfüllung. Wann immer in meinem Leben ich mich angekommen wähnte, am Gipfel, im Zentrum, *da*, war damit zugleich verbunden, daß ich *da* nicht bleiben kann. Ich kann da nur innehalten, für eine kleine Weile, und muß dann weiter, bis ich vielleicht wieder irgendwo für eine kleine Weile da sein kann. Für mich hat es ein Dasein immer nur als kleine Weile gegeben, nie als eine große. Die Fülle, auch die hier, ist keine Bleibe. Von allen Orten haben mir gerade die Orte der Fülle mit der Zeit am meisten weh getan, und sind mir unheimlich geworden. Sich nur nicht ans Verweilen gewöhnen! An Ort und Stelle, gleichwo, hat die Erfüllung keinen Bestand. Sie wird entzaubert, im Handumdrehen, und mit ihr der Ort. *Es* ist nicht hier, wir sind nicht da. Auf. Weg von hier. Weiter. Hinaus. Es ist Zeit.«

Unter den Worten des alten Schwimmers hat sich der Garten von einer anderen Seite gezeigt. Ohne daß etwa das Licht wechselte, sind an dem See die Veränderungen eines Spätnachmittags sichtbar geworden: die Quelle fast versiegt und der Wasserspiegel in rhythmischen Rucken abgesunken. Die üblichen Abfälle – Reifen, Gestänge, ganze Fahrräder –, zusammen mit schwarzgeschälten Baumstämmen, ragen bei Ebbe nun leicht da heraus. So leuchtet aus dem Gestrüpp am Waldrand auch ein Tierskelett, erhebt sich an einer anderen Stelle des Kreises ein eingestürzter Jägersitz; wurden auf dem Frühlingssee die paar üblichen vorzeitigen Fallblätter geweht, sind die rußgrauen Flecken auf dem Grund der Moorkuhlen im Waldinnern Schneereste gewesen. Die Wolken werden verlängert und miteinander verbunden durch gleichfarbene Düsenstreifen, der vergilbte Zeitungsfetzen im Gebüsch hat ein deutliches Datum, das vordringliche Geräusch ist ein ständiges Heulen und Überholhupen von einer Autobahn.

Die Lichtung ist leer, das Bootshaus versiegelt. Im windgerillten See keine Spur mehr von den Schwimmern; nur im Uferschlamm die Abdrücke von Barfüßigen und jene der Wohnmobil-Reifen, in dem Schotterweg moränenaufwärts verschwindend.

Die vier sind schon lange unterwegs. Wie sie dasitzen in ihrem Gefährt, die Beine von sich gestreckt, ist ihnen anzusehen, daß sie sich im Unterwegssein zuhause fühlen. Der Spieler chauffiert, die Frau neben ihm schaut ihm dabei zu, der Alte und der Soldat sitzen auf den beiden Hinterbänken einander gegenüber, wie in einem Kleinbus oder einer Kutsche. Nicht nur die erhöhten Plätze geben den Eindruck, die Fahrt sei aufwärts gegangen: Auch das Licht im Wagen ist das eines Hochlands, windklar, weiträumig. Dabei zeigt sich in den Seitenfenstern statt einer Landschaft der bloße Himmel, gelb vom Sonnenuntergang und diesig wie von Rauchschwaden. Diese sind in Wirklichkeit Staub. Das Wohnmobil fährt dahin auf einer hellschottrigen Landstraße, allein auf der Strecke, die gesäumt wird von kaum strauchhohem Wald, im letzten Licht eine dunkle Scheinzeltstadt bis hin zum fernen Horizont, wo sich, wie oben auf einer Barriere, mit Kuppeln, Türmen und Sendemasten, das bebaute und befestigte Zentrum befindet; so verlockend wirken dort die vielfachen Formen der Menschenleere, daß man auf der Stelle hin muß.

Ganz unbewohnt ist der Landstrich nicht: Am Straßenrand steht eine Gestalt und winkt, daß sie mitgenommen werden möchte. Der Lenker hält, und der Mensch, der nun so selbstverständlich hinten einsteigt wie in einen Linienbus und sich zum Soldaten und zum Alten setzt, ist eine Frau, gemummt in ein wollenes Kopftuch, die Augen beim Hinschauen jung. Der Flechtkorb, den sie auf den Knien hält, ist leer, so als kehrte sie heim von einem nahen Markt, wo sie ihre sämtlichen Waren verkauft hat. (Eigentümlich dabei nur, daß von ihrem Warteplatz kein Weg abging, und sie dagestan-

den hatte wie aus dem Busch gewachsen.)
Durch ihr Dazukommen vertieft sich das Bild
des Fremdländischen, ohne daß dieses bestimmbar wird; das fremde Land kann sowohl
der Hohe Norden sein, als auch der Tiefe
Süden, als auch eine Gegend im Inland, neu-
artig nur durch das Licht eines besonderen
Augenblicks. Ein Gespräch mit der Zugestie-
genen wird erst gar nicht angefangen, als sei
eine Verständigung von vornherein undenkbar und auch weder vom einen noch vom
andern gefragt. Nur die beiden Frauen haben
einander eingangs gemessen und sich dann
wieder jede in ihre Richtung gewendet. Der
Alte knipst eine kleine Deckenlampe an, die
einen ganz ähnlichen Schein auf sein Zeltbuch
wirft wie die am Stehpult im Heim, und versucht sich wieder an seinen Zeichen, mit einer
Schrift, die durch die Fahrt auf der holprigen
Straße nur noch malerischer und einpräg-
samer wird. Zwar hält er vor jedem seiner
raschen, in einer einzigen Bewegung durchge-
führten Striche jeweils lange inne, aber er

blickt dazu nirgends mehr hin, in der Versun-
kenheit zugleich unberührbar. Ablenken läßt
er sich erst von seinem Gegenüber, dem Soldaten. Auch dieser hat sein Buch zur Hand,
noch geschlossen, und trifft umständliche
Vorbereitungen, es aufzuschlagen. Zuerst hält
er es von sich weg und bedenkt es mit einem
Blick, wie um den richtigen Abstand zu be-
stimmen, und es zu würdigen. Sein Aufschlagen dann ist eher ein behutsames Entfalten.
Als nächstes klammert er eine winzige Lese-
lampe an den hinteren Deckel, betrieben von
einer Batterie, die er mit der Rechten umfaßt,
während die Linke auf die erste Zeile einen
halbzylindrischen Glasstab legt, welcher nicht
nur die Lettern vergrößert, sondern auch die
Zwischenräume auf dem Papier hell aufleuch-
ten läßt. Das Lämpchen gibt ein zeltförmiges
Licht, worin das Buch selber durchsichtig
wirkt. Für einen Moment ist es, als genüge es
sich selber; als sei da etwas in Gang, auch ohne
den Leser. Dabei hat dieser, so still er da sitzt,
alle Hände voll zu tun, mit dem zeilenweisen

Verschieben der Lupe einerseits, mit dem Halten der schweren Batterie, die er wiegt wie einen Stein, andrerseits. Er wird nicht einmal dazu kommen, die Seiten umzublättern; die eine beschäftigt ihn zur Genüge; jeder Satz braucht seine Zeit, und danach muß immer tief Luft geschöpft werden für den nächsten. Der Leser zeigt sich als Handwerker, ebenso wie seine Kleidung, gerade noch ungewohnt an dem bis dahin ständig Uniformierten, sich nun sehen läßt als das entsprechende, dem Lesen den Raum verschaffende Gewand: Unter dem Leser-Rock hebt sich der Brustkorb, verbreitern sich die Schultern, und am Hals, dessen Adern anschwellen, kann der Perlmuttknopf des Leser-Hemds schimmern. Die Augen des Lesers sind schmal und in den Winkeln geschweift, wie verlängert hinauf in die Schläfen, so als bildeten die doch nahen Buchstaben und Wörter einen sehr fernen Horizont. An diesen Augen wird deutlich, daß nicht er das Buch aufnimmt, sondern das Buch umgekehrt ihn; allmählich geht er auf es über, bis er – die

Ohren legen sich förmlich zurück – in ihm verschwunden und ganz Buch geworden ist. Dort
wird es heller Tag sein, und ein Reiter wird an
der Furt des Rio Grande stehen. Das Gesicht
des Alten, wie er den Leser betrachtet, wiederholt genau dessen Ausdruck: Auch er ganz
Buch geworden, selber wie durchsichtig.

Die stumme Passagierin ist längst ausgestie-
gen; die Falten an ihrem Platz haben sich ge-
glättet; Nachtschwärze im fahrenden Wagen.
Diesen lenkt inzwischen die Frau, mit einer
zugleich wachsamen und entrückten Miene;
neben ihr der Spieler, welcher, aufrecht dasitzend, immer wieder einnickt.

Der Alte beugt sich vor zu der Lenkerin und
gibt ihr das Zeichen zum Abbiegen. Es geht
auf einer Seitenstraße, fast ohne Kurven, steil
abwärts. Die Büsche wachsen so nah heran,
daß sie Dach und Seitenfenster peitschen. Die
Scheinwerfer leuchten aus dem Dunkel immer
wieder einen die Straße begleitenden Sturz-
bach heraus, mit zahlreichen, schaumweißen
Schnellen. Nur zwischendurch einmal gab es

einen fast ebenen Abschnitt, an dessen Beginn ein verfallenes Stauwehr, von dem noch der Rest einer Kette hing, und an dessen Ende, bezeichnet durch ein morsches Holzrad mit einigen letzten Speichenstümpfen, das einstige Mühlgebäude, die Fensteröffnungen durchwachsen von Haselbüschen und Baumästen, auf der Laderampe die zerschlissenen leeren Säcke dort überhäuft von Ziegelschutt, in dem Hohlraum darunter ein alter Handwagen, die Stange vorn aufgerichtet wie zugbereit.

Der Lagerplatz der vier für die Nacht ist unten an der Mündung des Sturzbachs in einen Fluß, welchen man in einem Mondlicht, so hell wie nur einst in den schwarzweißen Western, eher tief als breit ahnt. Eine Bohlenbrücke führt auf die andere Seite, wo es aus dem Trog jäh in ein dunkles Bergan geht. Die Brücke war vorzeiten ein wichtiger Übergang, vielleicht sogar eine umkämpfte Grenze; denn es findet sich an ihrer Schwelle noch die Kurbel für eine nicht mehr vorhandene Schranke, und an dem verlassenen herrschaftlichen Steingebäude am diesseitigen Ufer ist der Verputz rund um die verrosteten Fahnenlöcher zersiebt von Schußtrichtern. Im Moment aber liegt der Ort fast vollkommen abseits, ist, besonders in der Nacht jetzt, nicht einmal mehr eine Durchgangsstation; nur ein später Wanderer tauchte kurz auf, den es so eilte, daß er keinen Blick für den Wagen hatte.

Dieser steht auf einer stoppligen Grasfläche zwischen Straße und Ruine, und Spieler und Soldat, beide mit gleich kundigen Griffen, haben drinnen die zwei Paare der Stockwerkbetten überzogen, ohne in der Enge einander in die Quere zu kommen. Das Gehäuse war schwach ausgeleuchtet von unsichtbaren Lampen. Aus dem Funkgerät in einer Ecke, das zunächst abgeschaltet wirkte, wurde in Abständen unvermittelt eine Stimme laut, die, in einem eigenen Englisch, mit den Frequenzen die Namen oft überseeischer Orte oder auch eines Schiffs allein auf dem Meer nannte. Dieses Geräusch war auch hinaus ins Freie gedrungen – wo der Alte und die Frau, sie mit unter seine Pelerine geschlüpft und den Kopf auf seine Schulter gelegt, als eine einzige Gestalt an einem Feuer gesessen hatten –, hier draußen aber fast verschluckt wurden vom Brausen, nicht des Flusses, sondern des Baches, dessen Mündungsschnelle die Höhe eines kleinen Wasserfalls hat. Der Fluß selber erschien daneben lautlos, glatt, wie gestaut.

Im Wagen ist es inzwischen still; auch die Lichter sind aus. Das Feuer im Gras ist abgebrannt. An der Asche sitzt noch immer die Frau, neben ihr, statt des Alten, der Spieler, im Abstand. Die Frau hat die Füße in der Asche und braucht keinen Umhang mehr. Endlich bricht der Spieler das Schweigen: »Der zerfallene Waschzuber dort am Ufer, groß wie für eine ganze Familie, ist nicht das Überbleibsel von einem Hausrat. Er hat im Krieg den Widerstandskämpfern als Fährboot gedient. Sie sind damit nachts weiter oben über den Fluß gepaddelt. Immer wieder sind sie gekentert, und viele von ihnen sind ertrunken; sie waren

in der Regel Bauernburschen und konnten
nicht schwimmen; man hat einen täglichen
Nachschub von solchen Zubern gebraucht,
aus einer eigenen geheimen Werkstätte. Ein
Denkmal gibt es für die Toten hier nicht. Es
wird auch nicht mehr gewußt, daß die Ruine
einmal das einzige Elektrizitätswerk für die
ganze Region war; bis zum Bauernhof an
der Baumgrenze glomm und flackerte es in
den paar Häusern von dem unregelmäßigen
Strom. Die Stelle ist bekannt nur durch ein
Volkslied, in dem das alles nicht vorkommt.
Allein den Ort läßt der Text gelten, und eine
Liebe, die hier begonnen hat.« Die Frau hat
der Erzählung unwillig zugehört, so als be-
fürchte sie eine Belehrung; erst am Schluß, wie
auf das Stichwort, wurde sie ruhig: Nicht von
Orten möchte sie erzählt bekommen, sondern
von der Liebe. Der Spieler läßt sich Zeit, dreht
an seinem Ring und sagt in verändertem Ton:
»Nicht verehrt habe ich Sie damals, als Sie uns
in dem Amphitheater vorgeführt wurden,
sondern begehrt. Ich wollte Sie haben. Ihre

Hoffnungslosigkeit war so vollkommen, und von Ihrer Stirn ging dabei solch ein Glanz aus, daß ich für Sie entbrannt bin. Ihre Verzweiflung hat mich erregt. Als Sie dann, mit einer wie ruhigen und vertrauten Stimme!, von Ihrem nach Meinung des Professors krankhaften Durch-die-Gegend-Irren erzählten, da ist mir aufgegangen: Ich habe die Frau meines Lebens gefunden. Endlich war eingetroffen, wovon ich bis dahin nur geträumt hatte. Die Entscheidung war möglich – ja, sie war im Grund schon gefallen, mit Ihrem bloßen Erscheinen. In Ihrer Ausweglosigkeit wirkten Sie auf mich makellos, rein, heilig, sogar göttlich, und waren zugleich ganz weiblich, ganz Fleisch, ganz Körper, ein vollkommenes Gefäß. Ich bin damals, von meinem Platz oben in der letzten Reihe, über Sie gekommen und habe Sie durchbohrt mit einer solchen Wucht und bis in solche Tiefen, daß die Beglückung sich steigerte zum Punkt der Vernichtung. Und ich sah dabei in Ihrem Gesicht, so weit weg wie ich saß, keinen Unterschied mehr zwischen dem

Antlitz des äußersten Jammers, der Maske unberührbarer weiblicher Seligkeit und der Fratze der höchsten Geilheit. Damals an jenem Tag haben wir einander vor aller Augen geliebt, ich Sie in Ihrer reinen Verlorenheit, Sie mich in meiner reinen Teilnahme. Seit damals habe ich an nichts mehr teilgenommen. Seit jenem Tag habe ich keine Begegnung mehr mit dem Allerseltensten, einem schönen Menschen, gehabt. In jener Stunde haben wir, Sie und ich, öffentlich ein einmaliges Kind gezeugt.« Die Frau wird darauf fragen: »Was für ein Kind?«, und der Spieler geantwortet haben: »Ein bis heute ungeborenes, vielleicht schon totes, wahrscheinlich lebensunfähiges – ein schwächer und schwächer werdendes Bild.«

Die Frau hat der Geschichte des Spielers aufmerksam zugehört, mit offenem Mund. Immer wieder hat sie auch dazu den Kopf geschüttelt, als sei die Erzählung nicht in ihrem Sinn, oder aber als staune sie, was alles möglich ist. Einmal hat sie auch gelacht, wie in

Gedanken an etwas ganz anderes. Nach dem Schlußsatz stöbert sie in der Asche zu ihren Füßen und zündet sich an einem noch glimmenden Holzstück eine Zigarette an; ihr Gesicht erschien dabei, von der Glut jäh beleuchtet, schlitzäugig, larvenhaft.

Der Vollmond, zuerst gelb und riesig am Horizont, steht inzwischen klein und weiß in der Höhe; wirft dafür ein um so stärkeres Schlaglicht herab. Nicht nur das Flußbett glänzt, in seiner ganzen Breite, sondern auch die Blätter der Ufersträucher, und nicht nur die Stahl-, sondern auch die Holzteile des Wohnwagens. An diesem sind die Vorhänge zugezogen, ein leises Geschnarche dringt heraus, in verschiedenen Tonlagen. Es war ein langer Tag. Von der menschenleeren Aschenstelle steigt Rauch auf. In dem Wasserglanz erscheint ein noch weit hellerer Fleck, etwas Bewegliches, welches den Fluß durchquert, zunächst gestaltlos, mit einem V-förmigen Glast hinten im Kiel, geradezu einem Gleißen. Erst als es ans Ufer gestiegen ist, zeigt es die Silhouette eines Tiers, zu klein und zu haarig für eine Robbe, zu groß und zu schwanzlastig für einen Fischotter. Der Biber hockt gebuckelt, reglos, mit winzigen, kohlschwarzen Augen und ebensolchen Ohren, um Bauch und Füße eine Lehmschicht. Er schnuppert nur unablässig und hat so etwas von dem Wächter des Ortes, diesen bewachend mit seinem Schnuppern. Er ist hier jetzt der Herr; die Nacht über wird der gestaute Fluß als sein Werk erscheinen; ist er nicht gerade flußauf von seinem Arbeitsplatz gekommen?

Am Morgen ist es dann Sommer geworden. Im warmen Wind zeigt die Laubwand am steilen Gegenufer sich als von Busch zu Busch wechselnde Grünbahn, unterbrochen nur dort, wo es, weißgrau, wie welk, von den Blattkehrseiten flimmert, und ebenso schallt das Grillenzirpen herüber in das halb noch träumende Ohr als der Lärm von Zikaden. Auch am Ufer diesseits geht es im Tageslicht hochsommerlich zu: Der Alte steht in einer knielangen Schwimmhose unter der Mündungsschnelle des Bachs und erklärt diese zum Wasserfall, indem er sich den Strahl auf den Schädel trommeln läßt, und sich hinter dem Schleier dann unsichtbar macht, während die Frau mit geschlossenen Augen in einer der Kuhlen zu seinen Füßen reglos ihr Bad nahm, Wasser bis hinauf zum Mund, den Kopf zurückgelegt auf den Fels als auf den Wannenrand.

Der Spieler und der Soldat sitzen im Gras und spielen. Der Soldat scheint zwar, die Karten in der Hand, immerfort zu lächeln, aber seine Ohren sind tiefrot, fast schwarz, und das Erstaunliche ist, daß es sich mit dem Spieler, in Hemdsärmeln, diese oben gebauscht durch ein Band, ähnlich verhält: Er mischt, fächert, wirft und sammelt die Karten mit einem Eifer und einer Aufgeregtheit, als sei er bis dahin immer nur Zuschauer gewesen und habe nun endlich einspringen dürfen. Viel zuviel Kraft legt er in seine Bewegungen, für das kleine

Spiel, worin es nicht einmal um Geld geht. Der Schweiß tropft ihm aus den Haaren, und das Hemd ist angeklatscht an die Brust und den Rücken. Zwischendurch, in der Unschlüssigkeit, hat er sogar angefangen, Nägel zu beißen, versucht, Karten, die schon liegen, wieder zurückzunehmen – woran ihn freilich sein Gegenspieler hindert, indem er ihm auf der Stelle die Finger festhält –, und schlägt nach einer verlorenen Runde, einen lauten Fluch ausstoßend, die Hände über dem Kopf zusammen. Die Frau hat sich im Morgenmantel zu den beiden gesellt, schminkt sich und läßt sich Zeit. Überhaupt wirken durch das Spiel, bei dem es zwar einen Gewinner, doch keinen Gewinn gibt, alle Vorgänge im Umkreis verlangsamt, als hätten sie so ihr Zeitmaß gefunden, und umgekehrt steht der Spielplatz wie umfriedet von solcherart Zeit. Was jenseits der Umfriedung ist, lockt jetzt nicht mehr, es schreckt; dort kann nur wieder die übliche Zeit herrschen, das Tagesgeschehen, die Historie, die böse Unendlichkeit, der fortgesetzte große und kleine Weltkrieg. Dort hinter dem Horizont wird es todernst, die Baumspitzen bezeichnen eine Grenze, jenseits deren die Lippen der gerade Gestorbenen im Versuch noch eines Atemzugs zucken, Scharen von Männern und Frauen sich, nach außen hin unter Koseworten, innerlich vollkommen stumm, miteinander vereinigen, alle Arten von Glaubensbekennern, vor denen es kein Entrinnen gibt, die selbst die höchsten Berge in die Niederungen versetzen. Man möchte dagegen die Spielstelle als die Wirklichkeit gelten lassen, und in solcher Umfriedung auf der Höhe der Zeit bleiben. Sitzt das Spielerpaar hier im Gras, mit den erhitzten Köpfen und den runden Augen, einander nicht gegenüber, als habe es sich seine Rüstung abgenommen und offenbare einmal sein wahres Gesicht?

Zum Spielverderber wird der Alte. Unversehens ist er aufgetreten, hat die Karten zusammengerafft und weit hinaus in den Fluß geworfen. Als sei er lang fortgewesen, trägt er einen Stoppelbart, und sein Gesicht erscheint sonnengebräunt. Die Pelerine ist gewendet zu einem hellen Leinensegel, und darunter ist er, eine Wasserflasche und einen Proviantbeutel um die Mitte, knöchelhohes Schuhwerk an den Füßen, gegürtet und gerüstet für einen weiten Weg. Auf dem Scheitel sitzt ihm eine buntscheckige Wollkappe mit zerfransten Rändern; die eine Hand hält eine aufgefaltete Landkarte, die andre einen frischabgeschnittenen Haselstock. In der Hose, pludrig wie die eines Clowns, hat er ein Bein vorgeschoben und steht so wie einbeinig aufgepflanzt. Trotz seines Gewaltakts ist er guter Dinge; er hat nur gerade einen Entschluß gefaßt, zu dem auch das Wegwerfen der Karten gehörte.

Nachdem er sich hat ansehen lassen, spricht er: »Die Vergnügungsreise ist zu Ende. Ab jetzt beginnt der Fußweg. Ab hier werden wir gehen, nicht fahren. In all den Fahrzeugen gibt es keinen Aufbruch, keine Ortsveränderung, kein Gefühl einer Ankunft. Im Fahren, auch wenn ich selber lenkte, kam ich nie so recht mit. Im Fahren war das, was mich erst ausmacht, nie dabei. Im Fahren werde ich beschränkt auf eine Rolle, die mir widerspricht: im Auto die einer Hinterglasfigur, auf dem Rad die eines Lenkstangenhalters und Pedaltreters. Gehen. Die Erde treten. Freihändig bleiben. Ganz aus eigenem schaukeln. Fahren und gefahren werden nur in der Not. An den Orten, zu denen ich gefahren wurde, bin ich nie gewesen. Nur durch das Gehen läßt sich etwas davon wiederholen. Nur im Gehen öffnen sich die Räume und tanzen die Zwischenräume! Nur im Gehen drehe ich mich mit den Äpfeln im Baum. Nur dem Gehenden wächst ein Haupt auf den Schultern. Nur der Gehende erfährt die Ballen an seinen Füßen. Nur der Geher spürt einen Zug durch den Körper. Nur der Geher erfaßt den hohen Baum im Ohr – die Stille! Nur der Geher holt sich ein und kommt zu sich. Nur was der Geher denkt, gilt. Wir werden gehen. Es will gegangen werden! Und ihr sollt nicht gehen wie die meisten, denen man ansieht, daß ihr Gehen nur notgedrungen und zufällig ist. Das Gehen ist das freieste Spiel. Auf jetzt. Weg hier. Der Segen des Orts gilt nur für die Reise. Der Segen des Orts ist ein Gehsegen. O mein unsterblicher Appetit auf das Gehen, auf das Zum-Ort-Hinaus-Gehen, auf das Ewig-So-Weitergehen!«

Die Zuhörer kommen dem Befehl des alten Menschen umstandslos nach. Der Spieler, der immer alles Nötige dabei hat, verteilt die Gehsachen an die übrigen. Es ist eine luftige Kleidung, und auch die Schuhe sind leicht. Auffällig, daß an den vieren selbst die unförmigsten Stücke einen Schwung bekommen, als seien sie eigens für sie geschnitten. Allein durch die Eleganz des Gewands, so wenig einheitlich dieses auch ist, bilden sie eine Gruppe. Die Frau trägt ihr Stirnband wie einen Schmuck, der Soldat seine Windjacke wie einen Mannschaftsdreß, der Spieler seinen Staubmantel wie einen Ordensornat. Die beiden letzteren beladen einander mit den schweren Rucksäcken, unter denen sie sich nicht krümmen, sondern strecken: ihren Schultern hat diese Last bisher gefehlt.

Der Wohnwagen wurde zurückgelassen tief im Innern eines Strauchschattens, wo er mit seinen Leisten schimmert wie ein vergessener Holzstoß. Der leere Ort wird belebt nur durch einen Vogel, der mit dem halmdünnen Beinpaar auf einem Bachstein steht und unablässig mit dem mehr als körperlangen Schwanz wippt. Ebenso unaufhörlich erscheint das Geräusch, mit welchem das Wasser um den massigen runden Stein herumschießt, ein das sonstige Brausen durchdringendes dunkles rhythmisches Klopfen, ein sonores Vibrieren wie von einem Instrument, oder wie der Nachklang eines verschollenen Epos. In den Schußlöchern der Ruine spannen sich Spinnennetze gesprenkelt mit Mörtel. Von der Brücke steigt der Taudunst auf, und die Bohlen knacken. Der Platz hat etwas von einem Sperrgebiet.

Der Weg führte nicht über die Brücke, sondern den Fluß entlang, über einen unbefahrbaren Saumpfad. Es ging da flußab, aber bei manchem Seitenblick, je schneller die Wellen mit der Zeit wurden, bewegten wir uns augenscheinlich in die entgegengesetzte Richtung, stromauf; so vollständig verkehrte sich das Bild schließlich bei jedem neuen Blick, daß wir, wie vor den sich scheinbar rückwärts drehenden Radspeichen der Kutschen in den Wildwestfilmen, überhaupt an der Bewegung irre wurden.

Zum ersten Halt kam es an der Stelle, wo der Fluß aus seiner Senke heraustrat und wo das diesseitige Ufer zu einer Ebene verflachte, während das jenseitige zwar steil blieb, aber in einem Bogen zurückwich, neben dem Wasserlauf Platz für Straße, Bahnlinie, schließlich auch Felder ließ und sich von einem Hochufer verwandelte in einen den Fluß im Abstand begleitenden, langgestreckten Bergzug.

Hier, an der letzten Enge, geschah auch der Übergang, auf einem Steg hoch wie eine Hängebrücke und so schmal, daß es ein Hinüber nur Schritt für Schritt gab. Ab da war das augenblicklich ein anderer Fluß, südlich hell, ohne Tiefe, das Wasser sich verlaufend in

Rinnsalen zwischen den um so breiteren Schotterbänken, schütter bevölkert, bis zum Horizont, von einzelnen Fischern, von denen keiner nach unserer Gruppe auch nur den Kopf hob.

Als wir dann drüben an der Uferstraße standen, zeigte sich, warum diese unbefahren war: Sie war längst verrottet, war nie einem üblichen Verkehr geöffnet gewesen, war ein Teilstück, welches im Weltkrieg an die Front geführt hatte. Im zerrissenen Asphalt wuchs nicht nur das Gras, sondern wurzelten auch ganze Büsche und kleine Bäume, die Kronen über der Straße zu einem Laubdach verflochten. Auf dieser schnurgeraden leeren Strecke, eine elastische Moosbahn unter den Sohlen, hätten wir bequem dahingehen können, aber unser Führer winkte uns auf die andere Seite, wo sich, der Straße parallel, die erhöhte Trasse der Eisenbahn anschloß.

Diese hatte ganz und gar nicht ausgedient. Es fuhren da oben ständig Züge vorbei, jene flußauf beschleunigend, jene flußab aber verlangsamend, als näherten sie sich einer größeren Stadt, auf die jedoch nichts sonst hinwies. In den sich von der unsichtbaren Stadt entfernenden Zügen saßen die Passagiere still auf ihren Plätzen, während in den sich dem Bahnhof nähernden jedesmal ein Ruck durch die einzelnen Wagen, bis hin zum letzten, ging und ein allgemeines Aufstehen einleitete, und es wiederholten sich da auch die Bilder der Schaffner in den Korridoren, wie sie mit Siebenmeilenschritten von hinten nach vorn stürmten. Wir unterquerten die Trasse durch eine Öffnung in der Form eines Portals, wonach uns ein Weg aufnahm, der sich in sachten Serpentinen bergauf zog, breit genug, daß die Gruppe hätte nebeneinandergehen können. Aber unser Führer, so alt er war, hatte es auf einmal eilig, er schien jetzt auch allein sein zu wollen, und schon zu Beginn des Anstiegs hatte man sich vereinzelt. Kurz darauf zog die Frau, mit einem übermütigen Seitenblick, so als bräuchte sie keinen Führer mehr, an diesem vorbei, war gleich hinter einer Biegung verschwunden und erschien erst lang danach wieder, an einer freien Stelle oben, vor dem Himmel, hoch über den andern, sich keinmal nach ihnen umblickend, und auch auf den Abkürzungen, sich bewegend mit weitausschwingenden Armen und erhobenem Kopf, im Steilhang ebenso unterwegs wie im Flachen. Den Schluß des Zuges bilden, mit ihren Rucksäcken im Gleichmaß gemächlich einen Fuß vor den andern setzend, der Spieler und der Soldat, dieser hinten, wie um den das Steigen nicht gewohnten Vordermann, dessen Knie immer wieder einknicken, nicht allein zu lassen.

Kaum Zeit ist vergangen seit dem Verlassen der Ebene, und doch hat schon die erste Serpentine sie vollständig entrückt: Ihre Einzelheiten und Vorgänge zeichnen sich deutlich ab, weit hin zu den Schneebergen nach der einen und dem Glanzdunst nach der anderen Seite, welcher »Meer« heißt (mitsamt den dunkel da kreuzenden Schiffen) – und zugleich sind auf der Stelle fast alle ihre Geräusche verschluckt, und die wenigen noch hörbaren verwandelt worden, das Zügerattern in leises Klopfen wie hinter einer Glaswand, das Hähnekrähen, ebenfalls wie hinter einer Wand, in unaufhörliche Pausenzeichen. In diesem klaren, vielfältigen, stillen Muster leben die Tafelbilder aus dem Mittelalter auf, wo zum ersten Mal die reine Landschaft zum Thema wurde und Meer, beackerte Ebene und schroffes Hochgebirge benachbart die ganze Welt darstellten: auch das irgendwo aufblinkende Auto gehört nun zu dieser schweigenden Welt, und die Häuser der aus der Ebene in eine Felsbucht hineingewürfelten Siedlung, wie verschiedenfarbig sie sind, geben den gleichen von der Erde zum Himmel aufschießenden Siena-Ton ab. So geschärft wird das Ohr durch die Stille hier, daß es sogar das Anstreifen von Schmetterlingsflügeln im Wegsand aufnimmt.

Indem die Serpentinen sich verschmälern und zusehends überwachsen sind von Dorngestrüpp, ist es, als führten sie nirgendswohin;

gleich hinter der nächsten könnte der Weg in einem verlassenen Steinbruch abbrechen und sich als der falsche erweisen; das Boot auf halber Höhe am Wegrand, einbaumhaft dick, wirkt an den Hang geschwemmt wie in einer Vorzeit, als so weit herauf das Meer reichte.

Aber nach einer Krümmung bekommt der Weg dann, auf einer Zwischenstufe, ein erstes Ziel: einen Soldatenfriedhof von der Breite und Tiefe sogar mehrerer Steinbrüche, angelegt in leicht ansteigenden, übermannsgroßen Marmorreihen, von der Anzahl ungefähr der Buchstaben des Alphabets, jeder Steinblock bis an die Ränder vollgemeißelt mit Namenskolonnen, und über jeder der Kolonnen, anders als die Namen auch im Abstand lesbar, ja sogar sofort in die Augen springend, das gleiche Wort: ANWESEND, in schwarzen Lettern, von welchen es durch das riesige Gefallenen-Gelände flimmert und aus lautlosen Kehlen zu schallen scheint.

Außer dem Soldaten, der die Inschriften betrachtet wie alles sonst, dient der Friedhof der

Gruppe nur als ein Durchgang. Anders die sich hinter der rückwärtigen Mauer gleich anschließende Gedenkstätte für die Toten der Verlierermacht, vom Ausmaß eines Dorffriedhofs, auch ähnlich vergrast, und fast jedes der Holzkreuze markiert mit bloßen Zahlen, die paar Namen in der Regel unvollständig, mit Fragezeichen versehen oder so verballhornt, daß sie an Spitznamen erinnern: Hier hält man, wartet aufeinander, trinkt aus einem Wasserhahn, sammelt sich zum gemeinsamen Weitergehen. Danach geht es aufwärts in einem Hohlweg, steil und kurvenlos, der Eingang gebildet durch einen Gebüschbogen, der Lehmgrund in einem Dämmerlicht. So kurz der Weg ist, so viele Veränderungen ereignen sich. Das Gerinne in seiner Furche, zunächst noch ein hörbares Sprudeln, verdünnt sich nach ein paar Schritten, und der schlammige Boden geht jäh über in nackten Fels; der Trennstrich verstärkt durch eine schlangenförmige Baumwurzel. Der Grenzbaum zwischen ziegelig-brauner Erde und glatthellem Stein ist eine einzeln stehende, weitästige, den Weg beschattende mächtige Platane, und mit der Wurzel holt sie sich das letztmögliche Wasser aus der Erde; in dem anschließenden Fels gibt es keines mehr. Danach läuft der Hohlweg aus in eine Natur-freitreppe, und am Ende des bergwärtigen Platanenastes – wie die Wurzel schlangenför-mig, dick, lang und mit dem knolligen Kopf einer waagrecht in die Luft ragenden bunt-scheckigen Python – stehen die vier, neben-einander die letzten Stufen emporgestiegen, und jetzt gemeinsam wie aus dem Schutz eines Märchenbaums tretend, auf der Schwelle zu einem kaum ermeßlichen Hochland, auf den ersten Blick so öde, daß die Platanenkugel zu Häupten der Gruppe mit ihrem Schaukeln das letzte Zeichen einer belebten Welt darstellt. Fürs erste ist es aber zugleich eine Wohltat, sich von dem Wasser und seinen so lang schon andauernden Geräuschen, dem Getöse des Bachs, dem Geröhre des Flusses, dem Ge-glucker der Quelle, endgültig abgekehrt zu haben.

3

Das Hochland schwingt aus zu einer jedes Augenmaß übersteigenden Mulde, ausgedehnt wie sonst höchstens Mulden im Traum, welche sich an den längst schon fernblauen, dabei scharfumrissenen Rändern ebenso sanft wieder emporwölbt. Die Ränder im ganzen Gesichtskreis sind gleichartig dünenähnlich gewellt, wobei jede einzelne kleine Kuppe, mit flacherer Lee- und steilerer Luvseite, hinter der andern herzureiten scheint, und grenzen überall, ohne eine Bergspitze aus einer etwa nachfolgenden Gegend dazwischen, an den freien Luftraum. So liegt das Hochland, ein horizontweites, fast vollkommenes Oval, da wie für sich allein, herausgehoben aus der vertrauten Welt, nicht bloß eine Landschaft – ein Land für sich, ein eigener Kontinent oberhalb unseres Kontinents.

Die bestimmende, die einzige, die Große Form dieses Landes ist das Oval, welches alles, was in ihm zu sehen ist, offen vor uns ausbreitet; es scheint da, so weit wie das Auge reicht, keine versteckten Winkel zu geben, weder Taleinschnitte noch unsichtbare Hügelrückseiten. Die Gegenstände zeichnen sich dadurch klar und unverstellt ab, ein jeder vermittels der Großform abgerückt und abgehoben vom andern zu einer selbständigen Kleinform und derart mit den Nebengegenständen verknüpft zu einer Vielfalt zusammengehöriger zierlicher Gestalten, die in dem Oval ein reges Leben, sogar eine frenetische Erwartung vortäuschen, so als sei da in Begeisterung eine festfrohe Menschheit versammelt.

Das Land ist jedoch offenbar bis hin zu seinen Grenzen menschenleer, und auch ohne Spur einer gegenwärtigen Zivilisation, sei es einer Ansiedlung, oder auch nur eines Postenhäuschens, eines Gestells zum Messen des Regens oder eines durch was auch immer verkörperten trigonometrischen Punkts. Die in unabsehbar langen, wie kunstvoll geordneten Zeilen die Mulde bevölkernden Rebstöcke sind wildwachsende Wacholderbüsche, und die

mittwest-riesigen, hellgelben, im Wind him-
melwärts wogenden Getreidefelder, welche
die Weingärten begleiten, sind eine einzige
fruchtlose Prärie. In diese laufen aus allen
Richtungen, fast in Menschengestalt, Bäume
aus, die sämtlich verdorrt sind, entrindet, aus
dem fahlen Gras ragende aschige astlose
Strünke. Auch die noch lebenden kleinwüchsigen Nadelwaldfamilien, die in Abständen
aus der Mulde steigen und oben im Oval geschlossen die Ränder zacken, sind so stark
ummantelt von dem filigrangrauen Totholz,
daß ihre Grün darin als Inseln erscheinen.
Gänzlich ausgestorben jedoch wirkt das Land
in seinem leeren Himmel, unter dem mit längerem Hinsehen die Bäume, selbst die gesun-
den, die Gestalt von Ruinen annehmen; für
einen Augenblick kann es sein, als sei dieser
Himmel sogar das Lebensfeindliche hier, so
sehr, daß der eine winzige Vogel, kaum finger-
kuppengroß, der jetzt aus einem Gestrüpp in
die Höhe schießt, auf der Stelle, angstquie-
kend, kopfüber, zurück in sein Obdach taucht.

Aus solchem Himmel scheinen auch, in einer Urzeit, welche hierzulande noch andauert, die zahllosen, groteskförmigen, beinfarbenen, oft häuserhohen Felsklötze geprasselt, die Prärie bis hinten zu ihrer Grenzmeile erfüllend, die kahlen Wälder sprenkelnd, und streckenweise wie Megalithreihen geradeaus laufend, ein in jedem Augenblick wiederholbarer Himmelsteinschlag.

Dieses zwiespältige, von Hinschauen zu Hinschauen gestaltenwechselnde Land wirkte auf die vier Ankömmlinge jeweils verschieden: Die Frau klammerte sich an den Spieler, so heftig, daß dieser samt Rucksack ins Taumeln kam, und warf dann den Kopf zurück über die Schulter, in die Richtung der inzwischen längst den Blicken entzogenen Flußebene, ein Gesicht, das in der Panik, mit den geweiteten Augen, den gespannten Jochbögen, den blutroten Lippen, seine Schönheit sehen ließ; der Spieler, sonst doch überall gleich am Platz, führte die Hand an die Nase – so wie er es zuvor manchmal vor dem Wurf mit den Würfeln oder Karten tat —, als wollte er sich schnüffelnd seiner selbst vergewissern und bräuchte eine Bedenkzeit (in einem solchen Land hat er noch nie gespielt!); und der Soldat bestaunte still den unbekannten Ort, geradezu begeistert davon, nicht mehr zu wissen, wo er war, ähnlich wie wenn man zuzeiten fern von zuhause aufwacht, irgendwo, im Ungewissen, und seinen Namen los ist, dafür aber endlich da, für den Morgen, das Licht, den Schritt ins Freie, die Regentropfen im Wegstaub, die Augen des ersten besten, die Worte des alten Buchs.

Nur steckte der Soldat die andern damit nicht an; eine Zeitlang blieb ein jeder in der Reihe für sich, auch der Führer, der Alte: Er, den es im Aufstieg zum Hochland eher geeilt hatte, war an dessen Eingang stehengeblieben, und die Geste, mit der er zunächst wie auf sein Reich wies, hatte sich, indem er zugleich mit gesenkten Lidern zu Boden blickte, verwandelt in eine Haltung der Scheu. Die gleiche Scheu merkten wir dann auch seiner Stimme an, die ihre Lage nicht fand, einmal zu tief, einmal zu hoch, einmal zu laut, einmal zu leise, als habe er sie ständig selber im Ohr; als habe er in dem Land, durch die Jahrzehnte sichtlich oft und oft dagewesen und vollkommen mit ihm vertraut, noch nie, außer vielleicht mit sich allein, auch nur ein einziges vernehmliches Wort gesprochen:

»Hier ist es. Wir sind da. Jetzt haben wir Zeit. Heute ist unser Tag, und morgen wird wie heute sein. Im Moment habt ihr auch Angst, und das zu Recht. Hier herrscht der Winter im Sommer. Die Übersichtlichkeit dieses Lands ist ein Augentrug, die Wildnis hier, sie läßt sich nirgendwo rahmen, ordnen und bezähmen durch ein Hotelfenster, nirgendwo ein fließendes Wasser, allseits nur Stummheit, nichts, was dich anschaut, kein Wesen, das dich ansprechen wird, kein Spiegelbild, das dich beruhigen wird, unter jedem Stein kann eine Viper sein. Hier hast du keinen Gegenspieler, der dich deine Züge ausdenken ließe, keinen Feind, daß du ihm in die Augen blicken könntest. Anders als sonst wirst du in diesem Land für nichts deinen richtigen Zeitpunkt finden, weder für das Ziehen deines Messers noch für das Aufschlagen deines Buchs. Nicht Jetzt oder nie! wird es da heißen, sondern entweder Immer und immer! oder Nie und nie! Dein Messer soll hierzulande nie und nimmer in Lebendiges schneiden, und du wirst hier immer und immer lesen können, in deinen Büchern ebenso wie in deren Begleitschrift namens NATUR. Ich drohe euch, und ich verspreche euch. Ich verspreche euch nicht nur, daß ihr hier weder verhungern noch verdursten werdet, daß ihr ein Dach über dem Kopf und eine Schlafstelle finden werdet, daß ihr von hier nach Hause zurückkehren werdet – ich verspreche euch hier auch eine schöne Zeit. Wir werden hier die Dinge in einem anderen Licht sehen, wir werden, solange wir die hiesige Luft atmen, in all dem Leblosen, Wirren zusammenhängende, atmende Zeichen entziffern, es werden uns, solange wir am Morgen aufbrechen und im Licht dieses Lands gehen, schon nach ein paar Schritten unsere inneren Bilder zugleich draußen im Raum vorschweben, in Gestalt eines Worts, im Rhythmus eines Gesangs, in der Vor-Form einer Geschichte. Ihr seid hier neu, aber nicht fremd. Jeder von euch ist schon hiergewesen: In der Periode, als du ziellos herumgeirrt bist, hast du hierher zurückgewollt; *du* hast an den Wasserzeichen deiner Geldscheine die Wege hier nachgezogen; *du* hast, wenn am Tag ein Buch es nicht tat, dir im Schlaf von dem Land hier erzählen lassen. Wüstes Land, das seit Jahrtausenden den Völkern nur zum Durchzug und Kriegsschauplatz dient, immer wieder zerstört und weiter verwüstet, ohne Echo bei den vorbeikommenden Dichtern, höchstens von dem einen im flüchtigen Seitenblick *unbedeutend* genannt und von dem Nachfolger *steinernes Meer – als hätte Gott hier gestanden, als er nach dem Falle der Menschen den Fluch über die Erde aussprach*: Ohne Schatzkammern und Granatapfelbaum, in deiner immer neu auflebenden Leere, hast du für unsereinen seit jeher das Kronland bedeutet. Mein Leben lang bin ich ein treuloser Mensch gewesen, wegen dem verfluchten Merkheft, meinem Quälgeist, hier: Treu geblieben bin ich nur dir, ödes, verheertes, unerschöpfliches Wegeland.«

Zwar ging von den Worten des Alten, blickte man dabei in das Land, eine Kraft aus, welche die Dinge, indem sie ihnen die Kontur gab, erst recht zum Vorschein brachte und die unbelebte Mulde wie aus einer Depression hob, aber unsere Gruppe nahm die Botschaft, mochte sie sich allmählich auch aufschwingen zu einem zittrigen, nur noch an die Gegend gerichteten Psalmenton, nicht an. Der Soldat hörte bloß mit einem Ohr zu, so als wüßte er den Text schon im voraus, und lauschte im übrigen wieder einmal woandershin; der Spieler starrte auf den Schlüsselbund in seiner Faust, aus der zwischen jedem Finger eine Stahlspitze hervorragte wie bei einem Totschläger; und die Frau betrachtete sich in einem Taschenspiegel, den sie so nah an sich hielt, daß sie nur ihre Augen sah.

Unbewegten Gesichts nahm ihr der Expedi-
tionsleiter den Spiegel nun ab und warf ihn
ins Dickicht, ebenso wie er es fast zugleich
mit dem Schlüsselbund und dem eigenen,
frischabgeschnittenen Haselstock tat. (Frau
und Spieler ließen es geschehen, als hätten
sie für diese Dinge ohnehin die Doubletten
bei sich.) Dann stampfte er mit dem Fuß auf
die Erde, was einen unvermuteten Hall gab
und nicht nur den Soldaten aufhorchen ließ,
und machte derart eine halbversunkene
Steinplatte deutlich, das Bruchstück eines
unbestimmt alten Portals, das er von den
Flechten befreite, mit einer Handvoll feiner
Wacholdernadeln bestreute und, die Nadeln
dadurch in die Rillen verteilend, im Schrift-
zeilensinn sorgsam und vorsichtig anblies.
Er zauberte dadurch ein Bild aus dem Stein
und führte dieses zugleich wie solch ein
Zauberer, mit einem Schwung seines Um-
hangs, den anderen vor: das da eingeritzte,
verwitterte, erst durch die braunglänzenden
Wacholdernadeln in den Rillen hervortre-

tende, zehnstrahlige, zeigerlose Zifferblatt einer Sonnenuhr.

Ebenso riß er darauf eine unbeschriebene Seite
aus seinem Heft, zerschnitzelte sie, steckte sie
sich in den Mund, kaute sie, abwechselnd in
der rechten und in der linken Backe, nahm den
Brei zwischen die Finger, verteilte das Papier-
maché, wieder im Zellensinn, auf einen zweiten, wie aus dem Boden gewaschenen Felsqua-
der, ließ es antrocknen, löste es ab, führte es
jedem einzeln vor Augen, gab uns derart die
Abdrücke der drei Buchstaben D. I. M. zu
lesen, entzifferte sie uns als »Deo invicto Mi-
thrae«, übersetzte sie uns als »Dem unbesieg-
ten Sonnengott«, wies voraus in das entvölkerte Land und rief sein übliches »Auf jetzt!«

Der Schriftakt war das, was uns gefehlt hatte.
Mit ihm bekamen wir Augen für die anderen
Lebenszeichen der Einöde: die Reste eines
Straßenpflasters im Gras, den an den Natur-
steinen lehnenden Vorkriegs-Kilometerstein,
den einzelnen Edelkirschbaum (in dessen

Laub zunächst nichts, dann die erste leucht-
rote Frucht und schließlich ein einziges, das
Blattgrün verdrängende Funkeln und Pran-
gen). Auch wenn das Pflaster bald abbrach: die
Zeichen für sich bildeten eine Art Schneise
oder erhöhte Chaussee, die Wildnis geradewegs durchschneidend bis zum entferntesten
Horizont.

Der alte Mann ging voran, rasch, gesenkten
Kopfes, mit schiefen Schultern, die von hinten
einmal an einen Todgeweihten, einmal an ein
Schulkind erinnerten. Wir anderen wurden,
kaum in das fremde Land eingetreten, erfaßt
von Ausgelassenheit. Die Frau bewegte sich
auf den Händen, radschlagend; Soldat und
Spieler überholten einander im Wechsel, indem sie sich einen Ball zuspitzten, den der
letztere selbstverständlich dabei hatte, fanden
zwischendurch sogar ein entsprechendes
Spielfeld, den Betonplatz einer verschwundenen Kaserne, von Kriechpflanzen getarnt,
versehen mit einem Pfahl und einem noch
brauchbaren Netzkorb.

Eine warme Sonne schien uns ins Gesicht. Man schaukelte dahin wie auf einem Almboden; der Anschein von hohem Präriegras kam von schütteren dünnen Halmen, die sich schon vor der Berührung, allein durch den Luftzug der Schritte, wegbogen, ohne zertreten zu werden; darunter das dichte, kurzstopplige Almgras. Das Gefühl, zugleich auf einer Chaussee zu gehen, hielt dabei an, durch das Flechtmuster des Wegerichs zu unseren Füßen, ebenso verläßlicher Begleiter wie die von Busch zu Busch mit uns fliegenden Spatzen, welche, ähnlich den Kirschen zuvor, mit jedem Blick mehr wurden, und mit ihren Schwüngen die Telegraphendrähte ersetzten.

Unser Führer, rollende Schultern, Augen für nichts als seine Schuhspitzen, war vorderhand allein mit seinem Gehen beschäftigt; von seinen Schritten schütterte der ganze Körper, bis hinauf zum borstigen Scheitelwirbel; so sehr war er darin versponnen, daß er etwas von einem Blinden hatte, der, mit jedem Winkel und jeder Unebenheit vertraut, hier seinen täglichen Weg ging. Zusehends aber wurde er langsamer, und ebenso verbreiterten sich seine Schultern. Als wir ihn überholten, wirkte er völlig in sich gekehrt und zugleich auf dem Sprung, die Ohren offen bis hinein in den hintersten Gang, für den geringsten Vogellaut wie für das leiseste Windsausen, für alle die Geräusche an der Gehörgrenze: es gab, ausgenommen die unserer Schritte, im Umkreis nur solche.

Da begann er nun seine Lehrstunde, indem er immer wieder innehielt, uns so sammelte und stumm, mit einer bloßen Geste, eins nach dem andern die Dinge erscheinen ließ, gleichermaßen die des Kriegs wie des Friedens, und manchmal beides in einem. Wie er an einen vermeintlichen Holzstoß klopfte und ihn uns so kenntlich machte als militärischen Unterstand, wie er eine durch die Schneise zickzackende Reisigbahn aufdeckte als Schützengraben, wie er sich bückte und aus dem Präriegras jetzt eine Handvoll Himbeeren pflückte, jetzt ein Wachtelei auflas, jetzt mit einem Griff ein gan-

zes Kräuterpolster ausrupfte — ein Geruchs-
schwall, sonnenwarm und so stark, daß er
augenblicklich zu Kopf stieg —, wie er den
Buschvorhang zur Linken beiseite schob und
uns dahinter einen nur über den Feiertag verlassenen Steinbruch, und dann rechter Hand
ein gebirgsbachgrünes, mit den breiten Blättern schwappendes, erntebereites Maisfeld
vorführte, wie er mit einem Griff in die Luft
da einen vom Blitz geköpften Baumwipfel
hervortreten, aus dem leeren Himmel einen
Steinadler dahersegeln, aus dem puren Blau
eine Wolke weißfädig aufwachsen und wieder
verschwinden ließ, führte er sein Hervorzau-
bern der Schrift nun fort an den Dingen.
Mittendrin gab es ihm einen Ruck, und er
brach ab, vergaß, die um ihn geschart waren,
und zückte sein Merkheft, dessen beschriebe-
ner Teil, geschwärzt und wie aufgeblasen
durch die Eintragungen, die Dicke eines ganzen Buches hatte. Das Geräusch des CUM-
BERLAND-Bleistifts, kaum hörbar, ent-
sprach den paar anderen steten Begleit- und

Verstärkungsgeräuschen der Stille, und sein Rhythmus war der eines Morsegeräts: der Stift sprach; er mischte sich ein, redete zu, fragte dazwischen, pochte auf etwas. Obwohl wir nicht sahen, was da geschrieben wurde – der Schreiber verbarg sein Buch halb in der Armbeuge –, konnten es nur Tätigkeitswörter sein, die, als wir nach einer Zeit aufschauten, auf die Landschaft übergegriffen hatten: Jeder Anblick da erschien durchwirkt von einem lautlosen Schwirren, so daß das Stehen der Felsen ebenso ein Tun war wie das Sitzen der Vögel in den Gebüschen und das Sich-Erstrecken der Savanne. Unten im Gras zu unseren Füßen ein fortwährendes Grünen, im Himmel zu unseren Köpfen ein pulsendes Blauen, und dazwischen, in Augenhöhe, das immer neu ansetzende Durch-die-Ebene-Ziehen und Die-Hänge-Emporsteigen der Wälder, die einzelnen Bäume, auch die toten, wie in Betrieb, laternenhaft, in langen Reihen einer dem andern vorangehend, die Zweige sich tatkräftig kurvend – was *war*, ereignete sich, mit dem Takt des Schreibwerkzeugs, wieder und wieder, und wurde in einem fort, was es war.

Tatenlust, unbestimmt, packte uns darauf auch selber, und wir schwärmten, ein jeder für sich, in das Ödland hinaus wie in Erntefelder. Wir taten dort freilich nichts, als zu gehen. Wir gingen einzeln, zügig, in großen Abständen, schauten nur selten nacheinander, konnten dann aber sicher sein, daß unser Kopfheben, sogar von der Gestalt dort an der Sichtgrenze, auf der Stelle ein Winken zur Antwort bekam; nicht nötig zu rufen.

Der einzige, der sich wie bei einer Ernte benahm, war der Alte. Er hatte sich, als würde seine Führung vorerst nicht mehr gebraucht, zurückfallen lassen und bückte sich ständig, pendelte hin und her wie auf Ackerfurchen, lief immer wieder zurück wie zur Nachlese, drehte sich im Gehen um die eigene Achse oder schritt zeitweise rückwärts, wie um sich nichts entgehen zu lassen, oder stand einfach nur da, eine Hand in die Hüfte gestützt, die andre über den Augen, und legte sich, wenn er darauf in seinem Heft etwas festhielt, in die Kurve wie bei einer Ackerwende. Jedesmal, wenn man sich nach ihm umschaute, bewegte sich so eine andere Gestalt durch das Land, nicht *anstelle*, sondern *hinter* der zuvor gesehenen, welche zugleich noch immer da ging, bis dieser einzige Mensch dahinzog als eine kilometerlange Springprozession.

Wir trafen erst wieder zusammen, als die Wolken aufzogen. Wir waren da schon tief im Innern des Landes, bewegten uns längst auf dem Boden der Mulde, immer noch auf der Prärie-Schneise, die sich übertalbreit geweitet hatte. Obwohl wir also in einer Einsenkung gingen, blieb das Bestimmende, durch die Klarsicht und den stetigen hauchleichten Gegenwind, oben im Hochland zu sein.

Die Wolken kamen so schnell hinter dem Plateau-Horizont hervor, wie nur Wolken vom Meer, und hatten im nächsten Augenblick den ganzen Himmel bedeckt. Anders als in sonst einem Landesinnern gab es dann auch nicht jene Vorhut des Regens, die paar Tropfen, durch welche zunächst nur die Steine naß werden und sich in allen Farben aus der Erde buckeln. Kein Ankündigungsknistern, ähnlich dem Zirpen von Grillen, ließ sich hören im Gras, und es fehlte auch die ihm folgende Pause, die Ruhe und Windstille, die wie ein Sichsammeln ist. Der Regen brach sofort mit Macht über uns herein, überschwemmte die Handrücken, schlug uns von hinten in die Kniekehlen, so stark, daß wir davon einknickten, und teilte sich, als wir den Blick senkten, weil etwas anderes schon nicht mehr möglich war, an unseren Schuhspitzen zu gleich knöcheltiefen Bächen, durch die wir weiterzuwaten versuchten. Es war ein schweres, dann auch zunehmend kaltes Wasser, das geradezu Angst machte. Zwar hatte der Spieler natürlich eine Regenhaut im Rucksack, sogar eine, die bequem über alle ging, aber der Regen, zugleich ein Sturm, kartätschte auf uns, gewalttätiger noch als von oben, auch von vorn.

Nicht bloß hatte er uns bald halb geblendet, sondern zudem fast den Atem genommen.

Als wir dann hin zu den Büschen am Schneisensaum flüchteten, wurde das eine Flucht so unbeholfen und schleppend wie jene in den Träumen: immerzu blieben wir stecken, stolperten, niedergezogen durch das Kleidergewicht, fielen hin in unseren Kniefesseln, stoppten in Atemnot, und der Verfolger, statt hinter uns, war allgegenwärtig. Einen vorläufigen Schutz bot uns endlich das Buschwerk, mit seinem Dach aus dichtgeschichteten, harten, den Schwall nur als Sprühen durchlassenden Blättern, wo wir zu viert lange unterstanden, jeder in einer besonderen Nische, durch ein Gestänge von den Nebenleuten getrennt wie in Einzelzellen, jeder auch geradeausstarrend auf die Sintflut, unter welcher die Hochebene zusehends zum morastigen, dunstverschleierten Tiefland absank, mit unserem Busch als der Au.

Das Nachlassen des Regens geschah in Schüben; immer wenn er wieder weniger geworden

war, prasselte es gleich noch einmal auf, zum
Glück kürzer und kürzer, am Ende nur noch
momentlang aus einem Baum, in einem letzten
Ansturm des Winds, welcher ebenso schub-
weise aufgehört hatte. Das Wasser am Boden,
während der Regenzeit so hoch, daß die Prärie
die Gestalt von Reisplantagen annahm, war,
schneller als wir schauen konnten, vom Untergrund verschluckt worden und ließ von sich
nur noch ein rasch sich entfernendes Gluckern
und schließlich Laute wie von einem Fla-
schen-Verkorken hören, und das Wasser im
Busch hatte sich auf der Stelle zu Myriaden
von Tropfen ausgebildet, welche in reglosen
Ketten, ohne zu fallen, an allen Zweigen hingen.
Keine Pfützen, und so auch keine Vögel, die
darin hätten baden können. Es war eine taube
Stille, die auf das Schlagwetter folgte, oder wie
das Wort in dem Merkheft des schon wieder
schreibenden Alten – auf dem angefeuchte-
ten Papier kein Bleistiftgeräusch – besagte,
eine »Unstille«. Das Grau, in dem wir standen,

war kein Nebel, sondern jener Dunst, diesig, dick, gleichförmig, ohne Aufwallungen oder Schwaden, wie er über einer Schneelandschaft lagert, wo der Schnee in Regen übergegangen ist. Der Horizont da, das waren uns einzig wir selber, und dann noch die vereinzelten Blätter, welche in dem Dämmer die Silhouetten von Tuschzeichen bekamen; als äußerste Grenze des Gesichtsfeldes ein Strauchdorn, der, in der Form eines Schnabels oder einer Glosse, noch in Greifweite, tiefschwarz und klarumrissen von uns weg hinaus in Ungewisse ragte.

Als wir aus unseren Nischen hervortraten, mußte der eine oder andere Gewand und Rucksack erst von Dornspitzen lösen, in die man sich bei der Schutzsuche, ohne es zu merken, verstrickt hatte. Auf dem Weiterweg, anders als sonst, half kein nachhaltiges Hinschauen auf etwas, und in der Scheinflaute hätte sich hier und dort doch eine kleine Bewegung gezeigt; alles blieb starr; auch die Flaumfeder am Grashalm wirkte wie da angeklebt, und – so die Vorstellung – selbst wenn man sie anbliese, würde sich an ihr, als sei sie vom Regenwasser fixiert, kein Härchen rühren.

Erst spät kam der Wind zurück, jetzt aus der Gegenrichtung, in unserem Rücken gleichsam umgedreht. Aber die Natur dieses Winds, im voraus schon spürbar, war eine grundandere. Der frühere hatte sich hören lassen allein durch seine Gegenstände, je nach der Art der Nadeln und Blätter klar unterschieden – der neue näherte sich als ein einziges unterschiedsloses Gebläse, in dem, als es uns erfaßt hatte, es immerzu klirrte und schrillte, wie bei einem Wind, der nicht durch die Menschenleere, sondern dichtbesiedeltes Land braust – als dessen Bevölkerung freilich nur die paar Vögel, die, durchweg mit angelegten Flügeln, davon wegschossen und Klagelaute von Gefangenen ausstießen.

So rasch, wie oben die Wolkendecke, vor unseren Augen, aufgerollt und verschwunden war, waren auch unsere Sachen getrocknet; bloß die Knoten der Schuhbänder, kaum zu lösen, erinnerten später noch an den großen Regen. Die jetzige Klarsicht tat jedoch weh; durch den Wind kam jedes Ding gleichermaßen zu nah, spitzte sich zu und narrte uns obendrein: neben allen Bäumen flimmerten, ein unaufhörliches grelles Blitzezucken, die Negativbilder; die scheinbare Antilopenherde, die uns mit einem heftigen Getrappel, wie auf der Flucht, überholte, verwandelte sich in ein Rehrudel, und dieses wiederum in ein einzelnes, versprengtes Hochlandwild. Das Steppengras vor uns wurde so vollständig auseinandergekämmt, daß weit und breit nichts als eine nackte Steinwüste übrigblieb. Dieser Wind schien den Raum zu beherrschen vom Innern des Schädels, den er durchschrillte, bis hinauf zum Mond, den er vor sich hinjagte und der dabei gleichsam abnahm, während die Landschaft darunter, zur schiefen Ebene gepreßt, in ihm zitternd dastand.

Die einzigen Ruhestellen passierten wir jeweils hinter den Felskehren. In der Windstille, die sich da auftat, war es ein klarer warmer

Vorabend im Hochsommer. Der Soldat war es dann, der an einer dieser Oasen in die Hocke ging und so, die Faust an der Stirn, gekauert blieb. Die andern umstanden ihn und schauten zu ihm hinab. Endlich hob der Bursche sein plötzlich greisenhaftes Gesicht und zeigte im Versuch eines Lächelns seine ganze Schwäche, worüber er im nächsten Augenblick frei heraus lachte. Ohne Hilfe richtete er sich wieder auf, im Einbekenntnis seines Elends neu zu Kräften gekommen, und bewegte im Weitergehen dann die Lippen, als bereite er sich vor, erstmals auf der Reise etwas zu sagen, zählte in Wahrheit aber nur für sich seine Schritte.

Schon in der Abendsonne – lange Schatten, die zu flackern schienen – beschleunigte unser Führer auf einmal, bedeutete uns jedoch zugleich, wir sollten uns Zeit lassen. Er bog vor uns ab in einen leicht ansteigenden Mischwald, wo sich mittendrin, in der Form einer Allee, wie das Überbleibsel eines Friedhofswegs, eine Reihe Zypressen hinzog, die dicken

Mehrfachstämme, üblicherweise verborgen im dunklen Blattkleid, wie hüllenlos auseinanderklaffend – so stark war der Wind. Das war jetzt keine Augentäuschung: Am Ende der Allee war der Alte verschwunden in dem Lichtbogen dort, und über der Stelle trieben im nächsten Augenblick Feuerrauchflocken, die etwas von einem Signal hatten. Es war klar, dort würde unser Tagesziel sein.

Als wir ankamen, wurden wir schon erwartet, vor dem Eingang zu einem Mittelding aus natürlicher Höhle und Bauwerk. Der erste Eindruck war der von einem efeubewachsenen, fensterlosen Felsenhaus mit einer um so kunstvoller da eingelassenen Türöffnung – oben im felshohen Sturz eine Tropfsteingirlande, unten im Höhlenlehm die entsprechende Schwelle, dazwischen Lianen wie bei einer südlichen Schnurtür – und einem mit Sträuchern begrünten Flachdach. Während der Alte, der in der Haltung eines Wirts, die Schnüre beiseite gerafft, in der Tür gestanden hatte, uns hineingeleitete, streifte einer von uns sich unwillkürlich im Gras die Schuhe ab, und die andern taten es ihm nach. Ein Feuersalamander, schwarzgelb, schaute uns dabei von unten herauf an, reglos, wie das Schildertier des Grotten-Wirtshauses.

Die Höhle hatte einmal als Bunker gedient; die Wände innen waren senkrecht ausbetoniert, die Stalaktiten hingen von der Decke so rußig wie das Fleisch in einer Räucherkammer. Das war aber erst der Vorraum; um eine Biegung ging es hinein in eine weitere Höhle. Obwohl diese tiefer im Fels lag, war sie heller als der Bunker davor: sie bekam ihr Licht von oben, durch ein paar fast kreisrunde, wie künstliche Löcher, wo einmal in der hier dünnen Decke Bäume gewurzelt hatten und jetzt die Außenwelt hereinschien; als würden deren Farben von den Luken verstärkt, zeigte sich die ganze Höhle geradezu durchleuchtet von dem Sommergrün der Büsche auf ihrem Dach und dessen Spiegelung in den gleichfalls runden Pfützen am Boden. An denen führte ein Brett vorbei in den Hintergrund mit dem trockenen Herbergswinkel, auf den ersten Blick erkennbar an dem Eisenherd, worin soeben, in einem Fauchen und einem Brausen, das jenes des Winds übertönte, das Feuer in Gang kam (dafür also hatte der Alte auf dem letzten Wegstück das Holz eingesammelt). Der Herd war durch zwei schräge Rohre mit einer Luke verbunden: im dickeren zog der Rauch ab, das dünnere leitete den Regen in das vom Feuer zu wärmende Wasserfach. Zum Bild einer Herberge gehörten der Holztisch daneben, die lange Bank gleich an der Höhlenwand, deren Tropfsteinbahnen wie glatte Lehnen waren, und im Anschluß der Schlafbereich: eine Bucht aus einer dichten Schicht Laub, durchflochten und verfestigt mit Maisblättern und Stroh, die sich von einer bloßen Spreu für Tiere unterschied, indem auf ihr, sorgsam gefaltet, graue Militärdecken bereitlagen; durch den Felsüberhang, hier ohne Oberlichter, hatte die halbdunkle Bucht etwas von einer Kammer.

Diesmal war der Alte der Koch. Er bereitete

das Abendessen flink aus den Sachen, die der Spieler wie immer dabei hatte, und würzte und frischte sie auf mit den unterwegs zusammengelesenen Kräutern, den Maiskörnern, den Felsfeigen, den Wacholderkugeln, so daß selbst das Konservengericht einen Geschmack bekam. Wir anderen waren zu müde, danach noch einmal ins Freie zu gehen. Nicht einmal zum Aufstehen von der Bank waren wir vorerst bereit; während unser Koch auch noch abwusch — für immer blieb uns von diesem Abend das Nachbild, einzigartig, eines uralten Menschen, eines greisen Patrons, hochaufgerichtet an seinem Herd, um den herum sich in seiner weltberühmten Küche eine ganze unsichtbare Brigade von Bei- und Schülerköchen tummelte —, schauten wir zum Höhleneingang, wo um die Biegung zum Bunkerteil immer neue Blätter kurvten und hier in der Windruhe gleich stillagen, oder hinauf zu den inzwischen längst nachtblauen Luken. Es war eine Müdigkeit, zugleich wach und warm, in der jeder von uns nicht nur dasselbe sah oder hörte, sondern auch dasselbe Alter und Geschlecht wie der andere hatte, und wie der andere keine Geschichte hatte als die der gemeinsamen Müdigkeit.

Der Patron hängte eine Petroleumlampe an die Wand und setzte sich zu uns. Der Lichtkreis war zuerst unruhig und reichte kaum bis zu unseren Händen, die allesamt unbeweglich und schwer auf dem Tisch lagen, von der Anstrengung noch angeschwollen, zwischen Zeigefinger und Daumen wie vergessen ein letztes Stück Brot, ein Würfel, eine Erbse, eine Zigarette, die Fingerkuppen von der Stunde im Regen immer noch verschrumpelt und ausgebleicht, als hätten die Hände diese Zeitlang unter Wasser verbracht. Erst als der Docht hinaufgeschraubt wurde, reichte der Schein gleichmäßig durch das Gastzimmer, ließ an den Tropfsteinwänden die Zwischenräume dunkeln und so die Formen auftreten. Eine Sinterfläche zeigte die regelmäßigen Falten eines für die Nacht zugezogenen Fenstervorhangs, und die vielfältigen und einander ergänzenden Stalagmiten unten im Fußboden ergaben eine Reihe von so gedrungenen wie anmutigen Hausgegenständen, Krügen, Flaschen und Bechern, Brotformen.

Der Spieler schaltete ein Transistor-Radio an, so klein, daß es in seiner Hand fast unsichtbar blieb. Wir hörten ein Bruchstück der Nachrichten. Die Stimme des Sprechers war leise und klar; sie modulierte die Worte so übergenau, als richte sie sich an Kinder oder Hörer im Ausland, und auch der Inhalt war wie für eine besondere Gruppe bestimmt. Das Bruchstück lautete folgend: »... hat, soweit bekannt ist, keine Menschenleben gefordert. Auch Meldungen über Sachschäden liegen nicht vor. Eisenbahnen, Flugzeuge und Schiffe verkehren normal. Sämtliche Paßubergänge sind frei. Die Suchmannschaften sind heil wieder zurückgekehrt. Auch die zuletzt als vermißt Gemeldeten sind wohlauf. In den Hauptstädten herrscht Ruhe, und aus keinem Landesteil gibt es Berichte von Stromausfällen oder Telefonstörungen. Es besteht weder

Nahrungsknappheit noch Seuchengefahr. Die eingesetzten Mittel haben sich als wirksam erwiesen. Da eine Wiederholung vorderhand nicht wahrscheinlich ist, sind besondere Vorkehrungen bis auf weiteres nicht vorgesehen. Im Wetter ist eine gewisse Beruhigung eingetreten . . .«

Danach gehörten auch der Wind, der wie seit jeher gegen den Felsenbau blies, und das Von-der-Kalkdecke-Tropfen zur Stille. Aus dieser heraus die Stimme unseres Quartiermeisters, im Ton eines von Ausruf zu Ausruf noch gesteigerten Staunens: »Wie weit wir heute gekommen sind! Eine halbe Weltreise haben wir hinter uns, am Morgen die knochenkalte Dusche im Wasserfall, in der Mittagshitze das Knacken der Bronzetafeln quer durch den Kriegerfriedhof, am Nachmittag der Kampf gegen den Wüstenregen, ohne Verschnaufpause von hinten dann angefallen von dem tibetanischen Boreas, endlich gegen Abend die Höhle hinter der Höhle, die Wohnschlafküche um die Ecke hinter dem Bunker . . .

Wie viele Tage sind mir vergangen an diesem einzigen Tag! Einen Tag für sich schon hat es gedauert, euch beim Spiel zuzuschauen; einen zweiten, flußab zu gehen; einen dritten, hinauf ins Hochland zu steigen; einen vierten, sich davor erst einmal zu orientieren; eine ganze Woche habe ich dann gebraucht, die Wegemarkierungen zu entziffern, euch durch Regen und Wind zu meiner Tropfsteingrotte zu führen und euch diese so wohnlich und hellicht erscheinen zu lassen wie eine Felsenvilla!«
Darauf, nach einer langen Pause, der Spieler: »Meine Eltern sind schon lange tot. Aber jeder von ihnen ist mir mit einem besonderen Bild im Gedächtnis geblieben. Obwohl ich sie danach wohl noch öfter gesehen habe, kommt es mir vor, als seien diese Bilder ihre letzten. Meine Mutter begegnet mir da, wie sie auf einem steilen Fußweg, beladen mit Einkaufstaschen, heimwärts geht. Sie ist allein weit und breit, und schleppt sich mühsam bergauf, nicht nur wegen der Sachen. Sie bemerkt mich zunächst nicht und hat ein fremdes Gesicht,

ein bißchen wie das eines Mannes. Zum ersten Mal sehe ich sie so, wie sie ist. Wie ist sie? Eine Verlassene, ausgestoßen aus der Gemeinschaft der Menschen, wund vor Einsamkeit, vor den aufgerissenen Augen, die auf dem ganzen Weg trotz der Sonne nicht geblinzelt haben, den Tod. Sie ändert ihren Ausdruck auch nicht, als sie mich dann erkennt; weder zeigt sie sich überrascht noch gar erfreut; sie *will* sich jetzt nicht verstellen, das ist jetzt ihre Kraft, und mit dieser Kraft der Verzweiflung läßt sie jetzt von unten herauf einen kurzen verächtlichen Blick los auf den, der ihretwegen ihr ewig entgegengehen mag, und trotzdem nicht ihr Kind ist, und ist schon stumm an ihm vorbei. – Mein Vater sitzt auf einer kleinen Lichtung, tief in den Wäldern, wohin wir zu zweit aufgebrochen sind, um Blaubeeren zu sammeln. Er sitzt dort im Gras, zwischen mehreren sich schneidenden Wegen, an ein Holzkreuz gelehnt, die Beine von sich gestreckt. Obwohl er noch nicht alt ist, und im Gehen geübt, hat er auf einmal vor Mattigkeit nicht mehr weiterkönnen. Er will nicht, daß ich bei ihm bleibe, und fordert mich auf, allein zu suchen. Er hat dabei die Hände auf den Bauch gelegt, seine Stimme, mit der er sagt: Bitte, geh!, hat tatsächlich den Ton einer Bitte, und wenn seine Augen schräggestellt sind, so ist das nicht nur ein Ausdruck des Schmerzes, sondern zugleich ein Lossprechen und Freigeben. Auch wenn ich jetzt sterbensmatt bin – geh du ruhig weg, mein Kind, ich, dein Vater, bin vorerst noch hier und warte auf dich. – In diesen beiden Bildern sind mir meine Eltern lebendig geblieben. Sooft ich, ob wirklich oder in der Vorstellung, an jenem Steilpfad stehe, stapft dort die Mutter, durch mich hindurchschauend, in ihrer heiligen Verzweiflung, und sooft ich an jenem Grasdreieck mitten im Wald vorbeikomme, blickt mir der Vater dort über die Schulter nach in seiner heiligen Müdigkeit. – Aber heute brauchte ich dazu weder den besonderen Pfad noch die besondere Lichtung: wo immer ich ging, war auch die Mutter oder der Vater. Aus ihren zwei Gedächtnisbildern herausgetreten, begegneten sie mir draußen in der Luft, Lichterscheinungen, die rein aus Blicken bestanden. Gerade in der Menschenleere heute fühlte ich mich in einem fort von den Eltern erblickt und betrachtet. Und die Blicke kamen nicht nur von den Eltern – alle, alle waren da! Alle Vorfahren waren da und schauten mir zu, wie ich durch das entvölkerte Land ging; eine ganze, weitverzweigte Sippe, von der ich bisher nichts gewußt hatte, konnte mich da gehen sehen. Und auch mir kommt es vor, als hätte ich an dem heutigen Tag mehrere verschiedene Tage durchlebt, so wechselhaft war die Geschichte der Blicke: Abscheu, sich in Staunen verwandelnd, sich in Nachsicht verwandelnd, sich in Gutheißung verwandelnd, sich in Einverständnis verwandelnd, sich in Verbundenheit verwandelnd – bis am Ende des langen Tages der Blick der Ahnen eins mit dem meinen war und überging auf etwas Drittes, eine Stimme, welche, so wie sie mich Vater und Mutter endlich betrauern ließ, auch mich erstmals in meinen fünfzig Jahren auf Erden willkommen hieß, und zugleich mich aufrief, mich um jemanden zu kümmern, für ihn zu sorgen, etwas für ihn zu tun, alles für ihn zu tun, im Augenblick, jetzt! So möchte ich lebenslang unterwegs sein.«

Der Soldat hatte unterdessen vom Höhlenboden eine Handvoll erbsenkleiner, alabasterweißer Steine aufgelesen, die in einer Vorzeit als Kiesel in einem Bach gelegen und in einer anderen Vorzeit oben aus den Baumwurzeln gefallen waren, und schüttete sie rhythmisch von einer Hand in die andre, wobei sie sich anhörten einmal wie Murmelkugeln, einmal wie ferner Hagelschlag, einmal wie Schüsseknattern, einmal wie alte Münzen. Trotz seines tagelangen Schweigens brauchte er sich zum Reden dann nicht zu räuspern: »Als Kind hatte ich von unserem Fenster den Blick auf eine Ebene. Sie war groß, und es gab da nur Felder und Wiesen. Ich wünschte sie mir damals voll mit Häusern bis hinten zum Horizont, weißen, modernen, mit flachen Dächern. Unser Dorf sollte zur großen Stadt werden. Ungeduldig schaute ich jeden Tag hinaus, ob man nicht endlich irgendwo mit dem Bauen begonnen hätte; die paar hölzernen Feldhütten zählten in meinen Augen nicht. Wann würde der Name unseres Orts in der Welt endlich einen Klang haben wie Buenos Aires oder Hokkaido oder Wladiwostok oder Santa Fe? – Mein Wunsch hat sich fast erfüllt. Das Dorf ist zwar nicht zur Stadt erhoben worden, aber die Ebene ist bebaut mit mehreren Siedlungen, die nach den früheren Besitzern der Äcker heißen und alle gleich trabantisch aussehen. Auch dem Ortsnamen wurde je nach Himmelsrichtung ein *Nord*, *Süd*, *Ost*, *West* angefügt, und so hat die Streusiedlung dem Anschein nach sogar Stadtviertel, samt Umfahrungsstraße und Autobahn-Tangente, wo es genauso braust wie damals in meiner Vorstellung. Aus einer Feldhütte ist eine Telefonzelle geworden, überdacht noch vom alten Holunderstrauch. Neben der Wegkapelle steht mein ersehnter Kiosk, wo es neben Papier und Zeitungen auch ein paar Bücher gibt. Unbebaut wie in der Kindheit ist die Ebene nur noch auf den Bildern, die mein Vater malt. Obwohl er, wie er sagt, nach der Natur arbeitet und jeden Morgen seine Staffelei vor einer anderen Neubau-Gegend aufstellt, ist dann auf der Leinwand nichts als die leere Landschaft zu sehen. Er sagt, es genüge ihm schon hier und da ein kleiner Durchblick zwischen den Häusern, und aus diesen ritzenschmalen Zwischenräumen kristallisiere sich in seinen Augen die einstige Weite heraus, die er nur noch mit der Hand auf die Fläche zu übertragen habe; die Farbe, mit der er das tut, vergleicht er mit jenem besonderen Bazillus, mit dem auch das Unverrottbare, durch nichts sonst aus der Welt zu Schaffende, in Luft aufgelöst werden könne. – Eine ganz andere Kindheitsidee gehört noch hierher: Wenn ich damals dort in der Ebene auf den Feldwegen ging, war ich überzeugt, die Steine auf den Äckern seien, genauso wie das Gras und das Getreide, noch am Wachsen und würden mit der Zeit alle haushoch werden. Statt der Wurzeln stellte ich mir dazu eine innere Kraft vor, und die Steine waren für mich, anders als die Pflanzen, Lebewesen, fruchtbar allein durch ihr Wachstum. Bei jedem neuen Mal war ich auch sicher, würde ich sie messen, so wären sie in der Zwischenzeit ums Kennen größer geworden. – Ich bin heute den ganzen Tag durch die Bilder meines Vaters gegangen, Schritt um Schritt und Grad um Grad wie im Kreis, und die Felsen im Land hier haben mir meine Weltstadt-Häuser ersetzt. Nur der Vater selber fehlt mir. Um so mehr fehlt er mir. Noch nie hat er mir so gefehlt wie jetzt hier. Vater, du fehlst mir. Du fehlst mir seit je, du hast mir immer gefehlt, du wirst mir fehlen bis an mein Ende. Du fehlst mir als Verächter meines Schmerzes, als Maßgebender, als mein Erzähler, als mein Verschweiger; fehlst mir wie eine Heimat, wie die Hand auf dem Kopf aus den Träumen, wie ein Geruch, wie meine Seele; fehlst mir zum Erblinden, zum Messerziehen, zum Schreien. – Vater, erscheine!«

Dieses letzte Wort schrie der Soldat wirklich,

aufgesprungen von der Bank, das Messer in der Hand. Statt dessen warf er dann aber die Kiesel, und von den Felsen kam ein Prasseln und Klirren. Draußen über dem leeren nächtlichen Hochland flimmerten die Sterne, von dem Wind wie verzerrt. Ein Wildschwein buckelte sich reglos im Unterholz, mehrere kleinere Buckel zur Seite. Ein Maisfeld, im heftigen Auf und Ab seiner breiten glänzenden Blätter, täuschte das Gewoge eines Sees vor, der Leiterwagen am Rand den zugehörigen Nachen. Über dem gedünten, immer gleich fernen Horizont war im Himmel, bogenförmig, ein Schein, der von der großen Hafenstadt, dort hinten am Fuß des Hochlands, rührte: es war, als sei der Schrei des Soldaten da hingegangen, und der Schein ergäbe das Echo.

Die Frau sprach erst viel später, als wir alle schon auf unseren Laubbetten lagen. Das Petroleumlicht war zur Funzel geworden; die Kammer halb dunkel. Wir lagen in weiten

Abständen, auf dem Bauch, zur Seite gekehrt, die Hand über den Augen, so daß nicht zu erkennen war, ob wer wachte oder schlief. Sichtbar war nur die Frau, das Gesicht, mit geschlossenen Lidern, nach oben, eingerahmt von den Laubpolstern und darin fast verschwunden, wie manchmal Kinder bei ihren Herbstspielen. Wie bei Kindern auch war es nicht sicher, ob sie im Schlaf redete oder sich nur verstellte, so deutlich wurde ihre gleichbleibend tonlose Stimme. Sie lag dabei ausgestreckt unter der Decke, deren Muster an ihr nichts Militärisches mehr hatte, leicht erhöht über den andern, wie auf einem Thronbett. Sie sagte folgendes: »Du lügst. Du hast mich von Anfang an getäuscht. Du hast es nie ernst gemeint. Du bist ein Falschspieler, ein Hochstapler, ein Betrüger. Du hast mich in die Falle gelockt, und wenn ich zugrunde gehe, bist du schuld und sollst dafür bestraft werden. DIM ist kein unbesiegter Sonnengott, sondern eine Strumpfhosenmarke. Du bist ein schlechter Leser. Du sagst: Ich lass' mich gern stören,

aber du kannst nur allein sein, und auch das
nicht allein mit dir, sondern mit deinen Büchern, deinen goldenen Bleistiften und deinen
Steinen. Deine angebliche Sonnenuhr hat
nicht vor Jahrhunderten irgendein Großer da
hineingeritzt, sondern erst gestern ein spielen-
des Kind, und es ist auch keine Sonnenuhr,
sondern eine zufällige Kritzelei. Du angebli-
cher Schriftforscher: Dein Lesen, Entziffern
und Deuten geschah nie aus einer Erleuch-
tung, sondern war bloßer Zwang; die Stimme,
die zu dir Nimm und lies! sagte, hast du erfun-
den; du hast nur, seit du sehen kannst, in
einem fort zwanghaft die Augen verdreht
nach deinem geschriebenen Wort, deinem
Buchstaben, deinem Zeichen. Dein römischer
Meilenstein war in Wirklichkeit nur eine Attrappe, die da stehengeblieben ist aus einem
Film. Auch deine ältesten Inschriften waren
Teile von Filmkulissen: Klopf auf deine
Bronze, und sie klingt hohl; zieh mit dem
Nagel deine Runen nach, und es quietscht von
der Pappe. Dein pharaonischer Skarabäus

wurde erst im letzten Jahr fabriziert in Murano, und die Blume auf deiner Vasenscherbe aus Kreta da eingebrannt in Hongkong. Und wenn sie auch echt sind: Was sie bedeutet haben, das war einmal, und es bedeutet nichts mehr. Ihr Sinn ist verlorengegangen, die Übereinkunft ist vergessen, der Zusammenhang ist gerissen, nicht einmal die Ahnung ist möglich, und schon gar nicht die Wiederkehr. Nur deine Wörter in deinen falschen und echten Steinen sind übrig, und sie sind taub, nicht erst vom Krach der Kriegsmaschinen, sondern schon vom Untergang des allerersten Reichs. Dein Euphrat und dein Tigris werden nie mehr aus dem Paradies strömen. Dein vom Delphin übers Meer getragenes Kind wird kein Trostbild mehr auf dem Grabstein der Frühverstorbenen sein. In keinem deiner Bücher mehr wird einer der Odysseus, die Königin von Saba oder der Marcellus sein. An deine Furten, die du mir gezeigt hast, glaubst du ja selber nicht mehr. Deine Quellen sagen dir genausowenig wie mir, deine Kreuzwege und Lichtungen sind auch für dich schon längst keine besonderen Stellen mehr, an deinen Wasserscheiden stehst du herum wie alle anderen Touristen, denen es nicht weiterhilft, daß der eine Strahl aus den Zwillingsrohren in die Ostsee fließt und der andre ins Schwarze Meer. Und so ist auch dein Land hier für dich längst nicht mehr, was es einmal war. Die Leere hier verheißt dir nichts mehr, die Stille hier verkündet dir nichts mehr, dein Gehen hier wirkt nicht mehr, die Gegenwart hier, die du einmal, so rein schien sie dir, als eine einzige helle Spanne erlebtest, trübt sich dir zwischen den Schritten ein wie überall. Auch hierzuland ist leer leer geworden, tot tot, das Vergangene unwiderruflich, und zu überliefern ist nichts mehr. Du hättest allein bleiben sollen, in deinem Zimmer. Weg von der Sonne, Vorhang zu, Kunstlicht an, Ohrensessel, Fernsehen, im Rahmen bleiben, keine Ablenkung mehr, geradeaus schauen, kein Schriftbild mehr suchen in den Augenwinkeln, keine Blicke mehr über die Schulter in die dunklen Zimmerecken, keine Wendung mehr, kein Gebet mehr, kein eigenes Wort mehr, nur das Schweigen, ohne dich. So schön wäre es dort jetzt, ohne dich, in einer ganz anderen Prärie als der deinigen. Vanity Fair! Vogue! Amica! Harper's Bazaar!« Unter ihrem Reden hatte der Wind nachgelassen, und schon vor dem letzten Wort war es windstill geworden. Der Nachthimmel zeigte sich in den Oberluken der Höhle näher gerückt; der Schleier an einem Zweig war die Milchstraße. Die vier Schläfer am Boden lagen in verschiedenen Richtungen, wie hingewürfelt. Die Hand des Spielers, über der Decke, nahm jene der Frau, unter der Decke, und die beiden Hände ruhten so aufeinander. Jäh kam dann von der Schlafenden ein Wehschrei, dem nach einem Atemstocken, den ganzen Körper durchschauernd, ein Aufweinen folgte, und zugleich, durch die geschlossenen Augen, ein Tränenstrom. Die Träumerin stand vor einem gerade Gestorbenen und war jetzt der letzte Mensch auf der Welt. Es blieb ihr, hingehockt auf die Erde, nichts als ein unablässiges, immer wieder neu und immer höher ansetzendes Kinderwimmern, welches die Räume durchdrang, ohne von jemand mehr gehört zu werden.

4

Die Landschaft ist vollkommen stumm. Im Seitenlicht der Morgendämmerung bekommt das Felsenhaus Stahlkanten. Die Misthaufen der Fledermäuse auf dem Boden des Bunkerteils haben die Umrisse von Schlafsäcken. Kein Rauch mehr über dem Abzugsloch; kein Tau im Gras; manche Steine durchlöchert wie Tierschädel, der Himmel darin eingeschlossen als ein noch grauerer, älterer Stein. Der alte Mann mit dem Zeltbuch ist ins Freie getreten, mit Haaren naß wie frisch gewaschen, die so ihre Länge zeigen. Er kämmt sich, ohne Spiegel, den Blick nach innen gekehrt. Statt der Pelerine trägt er ein Hemd, das, weit und über den Gürtel fallend, falsch zugeknöpft, zu seiner Clownshose paßt; die Bügelfalten dabei so scharf, als trüge er es zum ersten Mal.

Einmal aufgebrochen, schreitet er zügig aus. Sein Merkbuch schwingt er zunächst in der Hand wie eine Wurfscheibe, steckt es dann in die Hose und trommelt darauf im Rhythmus seiner Schritte. Das Getrommel klingt hohl und erfüllt mit der Zeit die Wildnis, deren Einzelheiten zusehends aus dem Dämmerlicht treten und ihre Prägung bekommen.

Später, als bei einem Blick über die Schulter das Felsenhaus nur noch ein Block unter tausend andern ist, fängt er alte Mann zusätzlich zu singen an. Er hat da längst schon die eingeschlagene Richtung aufgegeben — die frühere Hochland-Weite richtet sich vor ihm allseits auf zur Wand — und irrt kreuz und quer durch einen fast abgestorbenen Busch, genußvoll, wie triumphierend über jedes Stolpern. Sooft er zwischendurch schreibt, tut er das jetzt im Gehen, und nicht mehr ins Buch, sondern mit der Fausthand groß in die Luft. Er singt mit seiner hohen heiseren Kehlkopf-Stimme folgendes:

»Hin zur Stille.
Allein in die Stille.
Allein die Stille.
Wo bist du mir, Stille?

Warst immer gut zu mir, Stille.
War immer gut in dir, Stille.
Wurde immer wieder zum Kind mit dir, Stille,
kam durch dich erst zur Welt, Stille,
bekam in dir erst Gehör, Stille,
wurde von dir erst beseelt, Stille,
ließ mich belehren allein von dir, Stille,
trat als Mensch zu Menschen allein aus dir, Stille.

Sei mir noch einmal, was du mir warst, Stille.
Umfange mich, Stille.
Greif mir unter die Achseln, Stille.
Bring mich zum Schweigen, Stille,
und mach mich empfänglich, Stille,
nichts als empfänglich, Stille.
Ich schreie nach dir, Stille.
Über alles: du, Stille!

Stille, du Urquell der Bilder!
Stille, du Großes Bild!
Stille, du Mutter der Phantasie!«

In der ersten Zeit seines Umherirrens hatte es noch geschienen, als lege der Sänger zugleich Spuren: wie absichtlich knickte er links und rechts seines Wegs Zweige, ließ sich von den Dornen Fäden aus dem Hemd und Knäuel aus der Hose rupfen, ritzte in jeden Felsblock mit seinem Stahlkamm den immer gleichen Querstrich. Dann aber, verstummt, mied er die Zeichen nicht nur, sondern ging sogar in einem bestimmten Moment eine Strecke zurück und löschte den letzten Kratzer, der damit zu einer natürlichen Bruchstelle am Stein wurde.

War er zunächst noch den Wildfährten im Präriegras gefolgt, so wich er auch diesen schließlich aus. Es war eine Art Macchia, mit immer schmaleren Durchlässen zwischen den Büschen, wo er sich, ohne jemals vor einem zu zögern, in Schlangenlinien bewegte.

Er blieb erst stehen, als ihm das Schuhband aufging. Er bückte sich danach, und setzte sich dann unversehens nieder, als habe er auf dieses Ereignis gewartet. Wo er sich befand, öffnete sich der Buschwald auch zu einem freien, annähernd kreisförmigen Platz, einem Stück Sandwüste inmitten des Hochlands; der Sand mehr als knöchelhoch, hartgerippt von einem längst erloschenen Wind, darunter aber weich und sogar von den Vortagen noch warm: der Verirrte hatte gleich die Schuhe ausgezogen und die nackten Füße hineingesteckt.

Diese Wüste, kaum so groß wie ein Kinderspielplatz, war nicht alt; ein einzelnes abgestorbenes Gewächs stand darin, hoch, struppig, halb Baum, halb Strauch, von vielen anderen toten Gewächsen wie von Lianen durchzogen und in seiner Art unkenntlich geworden. Und an den Rändern gab es zwischen dem Hartdorn gleich ein paar Zeichen von Fruchtbarkeit – die Brombeeren und die durstlöschenden Anisstengel.

Der alte Mann ergänzte damit sein Frühstück; die Wegzehrung, ein Stück Brot, nahm er aus seiner Hosentasche. Die Spitze des verdorrten Baums über ihm wirkte in der Morgensonne neu begrünt. Tief im Innern des käfiggleich verflochtenen Geästs, schwarz, der Umriß eines Vogels, die Art ebenfalls nicht zu erkennen, still, Kopf und Schwanz jedoch erhoben. Auch der Himmel war nicht ganz leer: Ein Flugzeug querte ihn, so hoch oben, so lautlos, so langsam und auch so weiß, daß man in ihm wörtlich ein »Luftschiff« sehen konnte.

Der Betrachter griff nach seinem Zeltbuch, das bei ihm im Sand lag, stockte und sagte mit einer Stimme, aus welcher auch das letzte Selbstbewußtsein, das des Herumirrens, verschwunden war: »Herz, jetzt bist du mit mir allein. Wenigstens geschieht mir das, wie ich es immer gewünscht habe, im fremden Land. Wie lange ist es her, daß jemand mir die Hand um die Schulter legte und sagte: Du kannst doch nicht das ganze Jahr durchschreiben, und wie lange, daß ein andrer von mir sagte: Dieses ewige Lesen. Von Anfang an war ich unfähig, das große Grundgesetz, das ich in der Natur las, unmittelbar auf mein Leben und meine Menschen zu übertragen – übertragbar war es mir immer nur in die Schrift, im Alleinsein. Nur im Alleinsein bekamen mir die

Dinge eine Bedeutung, und den anderen vermittelten sich nur diese im Alleinsein entdeckten Zeichen. Und jetzt ist meine Schreibzeit um. Meine Sehnsucht ist tot. Ich weiß sie, weiß ihren Sitz in der Brust, sie ist da, aber tot. Wo also kann ich noch hin? Wo also bin ich? Gibt es die Orte nicht mehr? Habe ich alles Licht in mir verbraucht? Erwarte ich keine Schönheit mehr? Bin ich also verloren? Ist es mit mir aus? Oder bin ich, in meiner Schwäche, am Ziel?«

Er erhob sich aus dem Sand und begann, in dem Wüstenstück auf und ab zu gehen, auf einmal sehr kurzbeinig, und von Wende zu Wende breitschultriger. Ebenso zog er dann immer weitere Schleifen um den toten Baum mit dem fast unsichtbaren Vogel darin, von dem manchmal ein kleines Rascheln kam. Es gab in dem Umkreis sonst keine Lebenszeichen; selbst die eine Ameisenstraße war entvölkert, leer die Löcher im Boden.

Er hatte sich wieder gesetzt, zu seinem Buch, mit dem er sich dann die Stirn stützte. Er schaute, die Augen schmaler und schmaler, in der Form zweier Einbäume. Die Kontur des Vogels, immer gleich ruhig, erhobener Schnabel und Schwanz, spielte mit der Zeit hinüber ins Märchenhafte. Das vertraute Geräusch des Bleistifts setzte ein, jäh, wie unwillkürlich; dann ein beständiges Schaben. Es schrieb die Hand mit den bräunlichen Altersflecken, in das Zelttuchheft, das auf den Knien lag. Der Schreiber blickte nicht auf sein Blatt, sondern hielt den Kopf geradeaus, unbewegt. Dann verlangsamten sich noch dazu, wie um den Vogel nicht zu verscheuchen, seine Handbewegungen, so daß er zuletzt von seinem Schreiben vollends übergegangen scheint in ein Zeichnen.

In dem Gestrüpp ist kein Umriß mehr. An der Stelle des Vogels stäubt ein Sandschleier herunter und bringt das Dürrholz zum Knistern. Auch von dem alten Mann ist nichts mehr vorhanden als seine Sitzspur. In seiner Abwesenheit glänzen am Wüstenrand die schwarzen

Brombeeren und blühen die weißgelben Anis-
dolden. Deren ausgetrockneter Wurzelboden
hat ein vieleckiges Muster aus fingerbreiten
Rissen. Ein Flugzeug läßt sich hören im Som-
merhimmel: Geräusch, als fliege es auf der
Stelle.

Als die übrigen erwachten, traf ihr Blick an der
dämmrigen Wand ihrer Unterkunft auf einen
Sonnenfleck. Wo er war, glänzte der sonst
stumpfweiße Höhlensinter wie noch tropfnaß,
in einem Flaschengrün, und obwohl diese
kleine helle Stelle keine besondere Form hatte,
ging von ihr gleich mit unserem gemeinsamen
Augenöffnen die Kraft eines Zeichens aus,
welches uns bedeutete: Auf! Es ist Tag, es ist alles da, hinaus mit euch, ins Freie, ins Spiel.
So gab es bei keinem von uns die übliche
Schlaftrunkenheit; wir kamen sofort zu uns,
wußten, wo wir waren, und erhoben uns leicht-
herzig aus unseren Alpträumen, in einer selte-
nen Freude über den Morgen. Es war auch, als
mache das Weckbild an der Wand erfinderisch:

Unter den vielen Pfützen am Boden spürten wir ohne Suchen jene eine, kesseltiefe, auf, aus der sich das klare Wasser zum Waschen und Kaffeekochen schöpfen ließ.

Wir frühstückten draußen im Gras vor dem Bunker. Das Hochland, zum hinteren Horizont so stetig ansteigend wie eine Rampe, erstreckte sich in der Sonne, als sei es erhaben über alle vier Jahreszeiten. Schwer vorstellbar, daß es da ein anderes Leben geben sollte als das der Bäume und wenigen Vögel. Und doch war auf der Wegkarte unseres Führers, nach einem anfänglichen »Großen Geröllfeld«, »Trockenen Graben«, »Versteinerten Flußbett«, »Kahlen Hügel«, auf einmal ein »See« vermerkt (samt »Ablegestelle«), danach, an der »Anlegestelle«, eine »Baracke«, mit einer gestrichelten Spur zu einer »Alten Straße« (ein Strich), aus der dann die zwei Parallelstriche der »Neuen Straße« wurden, an deren Beginn ein namenloses »Dorf« und am Ende ebenso eine »Stadt«. Im Blick auf die wirkliche Gegend vor uns erinnerte die Zeichnung des

Alten, mitsamt den pedantisch ausgemalten Kleinformen von Felsen und sogar einzelnen Bäumen, an die Phantasie-Topographie vergangener Zeiten, wo auch das Unwegsame zugänglich erscheint, und ein ganzer Kontinent leicht zu Fuß durchquerbar, in kaum einem Tag.

Es verstand sich von selbst, daß der alte Mann uns vorausgegangen war; die Karte hatte er zurückgelassen, damit wir ihm nachkämen; er würde uns unterwegs irgendwo, spätestens am Abend in der Stadt, erwarten. War es nicht, als rühre der Wind, der uns nach dem Aufbruch so weich wie beständig entgegenblies, von seinen Schritten? Roch das Kräuterwerk darin nicht erst so stark, weil es sich noch zusätzlich vermischte, zusammenballte und aufgeheizt wurde in den Hosentaschen unseres Vorgängers? Hätten wir diesen gerufen, so nicht aus Sorge, sondern im Spiel – freilich: bei welchem Namen?

Den ganzen Tag waren wir unterwegs mit jener Wißbegierde, die uns schon gepackt hatte in den Augenblicken des Erwachens. Obwohl es auf der Erde angeblich längst nichts mehr zu erforschen und zu entdecken gab, bewegten wir uns auf jeden neuen Landschaftsteil zu mit der Unbändigkeit des Forschergeists und umkreisten die einzelnen Gegenstände in einer gemeinsamen Entdeckerfreude. Das Wahrnehmen blieb nie bloß äußerlich, sondern war jedesmal zugleich ein Innewerden, womit sich die Dinge als Farben, Formen und gegenseitige Beziehungen unvergeßbar in uns einschrieben und uns stärkten; die Sachen für sich, ohne dabei einen Gedanken ans Sammeln aufkommen zu lassen, erschienen uns als ein Wert: angesichts ihrer war es, als würden wir von etwas genesen. Wir waren voller Lust, sie zu umgreifen, zu betasten, zu messen und zu überliefern; verdiente nicht selbst ein unscheinbarer Grashalm bemerkt und wenigstens mit einem kleinen Ausruf weitergegeben zu werden? An unserem Entdeckertag war von ihm eine Neuigkeit abzulesen, welche uns, zusammen mit den ergänzenden anderen, jede nur denkbare Zeitung ersetzte.

Es konnte uns dabei auch nichts zustoßen. Von den Schlangen auf der Geröllhalde sahen wir jeweils nur die unter den kalkigen Steinen verschwindenden dunklen Schwanzzipfel, und beim Springen von Block zu Block erwies sich sogar der körperentwöhnte Spieler als unvermutet geschickt. Die Frau, mit dem Umhang des Alten auf den Schultern, tänzelte durch das ausgetrocknete, talbreite, mit Felsen und Baumstrünken verlegte, blendweiße Flußbett ihres Wegs so sicher wie im Traum. Und als der Soldat, den anderen zur kahlen Kuppe voranstürmend mit einem Rucksack, der auf ihm hüpfte als Tornister, oben zurücktaumelte und zusammenbrach wie erschossen, stellt er bloß die Vergangenheit nach.

Wir blieben auf der Anhöhe nicht stehen, sondern stiegen ohne Halt ab zum See; an diesem Tag geschah mit dem Gehen und Immer-weiter-Gehen zugleich auch ein beständiges, unablässiges Ankommen. Der See war zunächst nur ein fahlgelber Schilfwald, an dessen Rand dann, an einen Baum gekettet, ein Boot lag. Das Gewässer hatte, von oben gesehen, ein Ausmaß, daß wir unseren Weg wohl einfacher zu Fuß, drumherum, hätten nehmen können; aber wir folgten der Vorzeichnung unseres Scouts und fuhren unverzüglich auf der geraden Linie mit dem Boot, wenn wir dieses zuvor auch ausschöpfen und dann unsere Hände als Paddel benutzen mußten. Das Besondere an dem kleinen See waren die Bäume, die auch noch draußen, halb überflutet, im Offenen standen, und das klare Wasser, aus dem durchweg felsigen Grund hier und da sichtbar nachwirbelnd. Mit der Zeit überließ die Frau den andern das Rudern und stand hochaufgerichtet vorne am Bug, die Pelerine um sich gewickelt zu einem neuartigen Kleidungsstück. Trotz des kaum spürbaren Winds kam von dem Laub der hohen Erlen rund um den See ein unaufhörliches Rauschen, so mächtig, daß es dem Anschein nach immer mehr anschwoll und wir es zuletzt hörten als

ein orkangleiches, alles sonstige ausschlie-
ßende Getöse; kein Wasservogel schrie mittendrin, und kein Fisch sprang auf. Als wir in
dem scheinbaren Urwald am anderen Ufer
eine Schrifttafel sahen, seit langem wieder ein
Merkmal menschlicher Gegenwart – näherten
wir uns ihr erleichtert? Oder nicht ebenso auch
enttäuscht?

Beim Anlegen erwies sich das Schild als durch-
gerostet und kaum mehr leserlich; das endlich
entzifferte »Achtung, Hornissen!« hatte, auch
nach der Art der Lettern zu schließen, offenbar für eine Vorkriegs-Epoche gegolten.
Ebenso war der Landesteg verrottet; die rest-
lichen Pfähle, schief, verschieden tief in die
Erde versunken, überzogen mit Moos, erschienen zudem weit zurückversetzt in das
Festland, weil sich der See im Lauf der Jahre
ziemlich verkleinert hatte: die abgestorbenen
Weiden, die Stämme mit Löchern wie Bull-
augen, zeigten oben an ihrer Moosgrenze
noch den einstigen Wasserspiegel an.

Zeichen von Gegenwart begegneten uns erst

an der »Baracke«. Sie war eine Gastwirtschaft mit einem eigenen Stromgenerator daneben, welcher jetzt – »Ruhetag« – freilich nicht lief. Durch das große Glasfenster erkannten wir im Dämmerlicht eine abgeräumte Theke und dahinter eine Kaminstelle mit aufgeschichteten Scheiten, anzündbereit. Draußen unter den Gartenbänken, verstreut in der Au, stand auch ein Tischfußball-Gerät, an dem wir im Vorbeigehen kurz drehten, so daß am Ende all die hölzernen Männchen mit den Füßen in die Höhe ragten.

Obwohl der auf der Karte gestrichelte Pfad in Wirklichkeit ein alleenbreiter Grasweg war und wir Platz genug hatten, blieben wir weiter eng beieinander, wie noch gerade im Boot. Der Weg, leicht erhöht, hatte etwas von einem grünen, unter jedem Schritt federnden Damm, und zwischendurch umfaßte da die Frau das Handgelenk des Soldaten, worauf sich die beiden, in langsamen Spiralen, als Tanzpaar weiterbewegten, während der Spieler als lächelnder Dritter hinterdrein ging. Eine Zeitlang konnten wir uns immer noch einbilden, in einer Gegend zu sein, wo es vor der Geschichte ein Entkommen gäbe, und die zugleich ein Neuland, etwas zum Wiederanfangen, wäre.

An der »alten Straße«, zu welcher der Damm unversehens abfiel, wechselte die Hochebene zurück in ihr Steingrau. Obwohl der Schotterbelag unversehrt und sogar neu wirkte, fanden wir auf der ganzen Strecke nicht eine Fahrzeugspur; die Büsche am Rand ohne Staub. Jäh wie der Übergang vom grünen Weg auf die Wüstenpiste war auch der von der Seeluft in eine von keinerlei Brise durchrührte Hitze. Wir gingen unter der Sonne, so lange, als herrsche hier ein ewiger Mittag. Ausblick gab es sonst keinen – die Straße, auf der Zeichnung eine Gerade, buckelte sich auf und ab, in so kurzen Wellenabständen, daß der Horizont keinmal zur Ferne wurde. Die paar Wolken, düster, mit glimmenden Rändern, blieben standfest, zusammengeschart, im meerblauen Himmel und ließen an eine Inselgruppe den-

ken, erblickt hoch oben von einer Weltraum-
kapsel: »die Sporaden«. Die Brombeeren, die
Straße reichlich säumend, waren uns keine
Erfrischung; selbst eine Handvoll löschte den
Durst kaum für die Dauer des Schluckens. Die
Stille, in der wir bis dahin zuhause gewesen
waren, flaute ab zur Geräuschlosigkeit; nicht
einmal von den Grillen, deren schwarze Köpfe
bei unserem Nahen in den Erdlöchern ver-
schwanden, kam das vertraute leise Sirren; als
einzige Laute, außer unseren eigenen, das be-
ständige Wegspritzen der staubfarbenen Heu-
schrecken vor unseren Schuhkappen.
Jäh, wie alles, was uns in diesem Hochlandteil
begegnete, kam dann von oben ein Knistern
und Schwirren wie von einem beginnenden
Regen, wobei aber der Himmel immer gleich
heiter blieb. Zugleich verengte sich die Straße
und wurde zuletzt zu einem bloßen Durchschlupf in einem stockwerkhohen Unterholz,
welches auf der anderen Seite auf einmal den
Anschein einer absichtlich da angelegten
Hecke hatte. Hier traf die alte Straße auch auf

die »neue«, mündete jedoch nicht in diese ein, sondern verlief sich nach einer kurzen Parallelstrecke, wie ein ehemaliger Grenzer- oder Zöllnerpfad, darunter ins Steppengras. Für einen Augenblick, mit schnuppernden Nüstern, zeigte sich dort ein Hase, und war schon wieder entschwunden. Den Regen machte uns eine Überlandleitung vor, deren Drähte sich, kaum hatten wir die Böschung bestiegen, jenseits des neuen Wegs aus einer unvermuteten, sonst leeren Weite schwangen, für ein paar Schritte so nah kommend, daß aus dem Rieseln ein Prasseln wurde.

Die Straße, schmal und kurvig, glich in der Tat mehr einem Weg, wenn auch einem robusten, für Jahrhunderte angelegten; als sei der die einzige Verkehrsader durch das Land, etwas wie ein Teil der Seidenstraße oder der Transamericana. Das kam daher, daß sie weder geschottert noch asphaltiert, sondern eine Steinbahn war, zur Route ausgebaut allein dadurch, daß man von dem Felsgrund die Humusschicht – wie die Ränder zeigten, kaum fußbreit – weggebaggert hatte. Dieser natürliche Straßenkörper war kompakt, ohne Risse, und von vornherein so glatt, daß er nicht einmal hatte gewalzt werden müssen; die paar Buckel jeweils gerundet; so blankgewetzt durchwegs der Felsboden, als hätten sich da einzig wir Fußgänger und vielleicht Fuhrwerke bewegt, Planwagen, beladen mit schweren Säcken, Fässern, Auswanderern. (Unwillkürlich hielten wir über die Schultern Ausschau nach dem nächsten Treck.)

Daß der Weg so stetig bergauf führte, beherzte uns gleichsam und ließ uns durchatmen. Obwohl wir wegen der vielen Kehren immer noch keinen Ausblick hatten, waren wir sicher, er würde sich jetzt und jetzt auftun. Kein Wegweiser; keine Entfernungsangabe. Einzig die toten Schmetterlinge, die hier und da mit den Flügeln am Grund klebten, und die Ölflecken zeigten, daß wir uns auf einer Fahrstraße befanden. In der Vorstellung, die einzigen auf der Strecke zu sein, gingen wir nebeneinander, bis wir hinter einer Kurve einen in der Felsbucht abgestellten Handkarren sahen, vor dem wir auf der Stelle beiseite traten, so als rolle er auf uns zu. Seltsam zwiespältig war der Eindruck dieses Gefährts in unserem Niemandsland: zum einen schien uns, die gewohnten Zeitläufte hätten uns damit allzubald wiederaufgenommen, wir hätten viel länger noch im Ungewissen ausharren und es erforschen sollen – zum andern standen in der sonst vollkommenen Ödnis die beiden Räder als unerhörte Erfindungen, wie im Augenblick erst geschehend, und zwar durch uns!

Plötzlich dann schrumpfte die Landschaft zum bloßen Gelände. Beidseits der Straßen fuhren Panzer auf, die Geschoßrohre dem Anschein nach auf uns gerichtet. Aus allen Mündungen blitzte und krachte es uns entgegen. Schwerbeladene Soldaten, an denen das Metall aneinanderschlug, rannten, ohne uns zu beachten, geduckt zwischen den Büschen. Ein Gefechtsturm glänzte von Feldstechern. Kein Vogellaut mehr.

Ebenso unvermittelt traf uns, in der langen

Reihe der Naturhöhlen, nach der nächsten Biegung der ausgebaute Felskeller, kenntlich an dem holzverstrebten Eingang, versperrt mit einem Gatter, auf dem Lehmboden dahinter an der Stelle der Steinhaufen hochaufgeschüttete Kartoffeln. Vor uns erblickten wir, statt des zugehörigen Ackers, eine Fichtenschonung, die Bäumchen wie frisch gepflanzt, dicht an dicht die ebenmäßigen, dunkelgrünen Spitzen, wo dann die da durchführende Straße, diesen Abschnitt lang auf einmal überbreit und schnurgerade, die Form eines Wirtschafts- oder Forstweges annahm: von neuem ein Widerstreit, zwischen der Freude an all den jungen Sprossen, und einem Unbehagen, vor der Zeit zurück in der vertrauten, mitteleuropäischen Umgebung zu sein. So war es uns recht, daß nach der Aufforstung mit einem Schlag wieder nichts kam als das Steppengras, mehrere Kurven lang, aus den Augenwinkeln die Fata Morgana eines Weizenfelds. In dieser Phase nahmen nun solch täuschende Blicke zu und wurden am Ende sogar unsre einzigen:

das machte, mehr noch als die Müdigkeit, der immer heftigere Durst, in dem die Sinne sich trübten, und Mund und Hals zu einem einzigen Schlund wurden. Vergebens warteten wir darauf, daß der Spieler, der doch sonst für jeden Notfall etwas dabeizuhaben pflegte, aus seinem Sack ein Getränk zauberte; von unseren Kehlen bis zum Horizont erstreckte sich eine einzige große Trockenheit.

Waren wir auf dem falschen Weg? Hatten wir, halbblind, eine Abzweigung übersehen? Erleichterung, als wir an einer letzten Kurve, nach der die Straße in einer Ebene, wie auf dem obersten Dach der Hochlandstufen, weiterführte, weit vor uns unverhofft eine menschliche Gestalt gewahrten. Wir fielen sofort ins Laufen, wobei unsere Schatten auf der Felsnarbe zuckten wie Fackeln. Der Mensch vor uns, buntgewandet, mit den Pendelbewegungen nicht allein des rundlichen Kopfes und der Schultern, sondern des ganzen Körpers, konnte nur unser Alter sein; zum Rufen freilich fehlte uns vor Durst die Stimme. Wir mußten um einiges näher kommen, um zu erkennen, daß er nicht, wie nach dem ersten Augenschein, auf uns zu, sondern in die gleiche Richtung wie wir ging, und noch näher, um in dem vermeintlichen Greis ein mit einer Schultasche bepacktes Kind zu sehen. Bevor wir dieses aber eingeholt hatten, tauchte jäh aus einem Seitenweg, ohne vorher hörbar gewesen zu sein, ein Bus auf, im Neuglanz, von der Größe eines Doppeldeckers, hatte den Jungen auch schon aufgenommen und war, nach einer Kurzfahrt geradeaus, mit einem schallenden Hupton gleich wieder auf eine andere Nebenstrecke gebogen, wie um auf wilden Umwegen überall in der Einöde die Versprengten zu sammeln. Der nächste Mensch, auf den wir dann trafen, war wirklich ein alter Mann, und erschien uns auch aus der Nähe als der unsre: hinter den hohen Halmähren fast unsichtbar, lag er ein wenig abseits der Straße in dem Wurzelbett eines einzelnen Steppenbaums und schlief.

Zum ersten Mal an diesem Tag blieben wir, für

einen Atemzug, stehen. Das Momentbild unseres Alten kam von der Hand am Ohr, dem glückseligen, idiotenähnlichen Träumergesicht, und besonders dem Haselstock, der neben dem Schläfer am Stamm lehnte – war allerdings, ehe noch einer von uns ihn wachrüttelte, entrückt in das eines schlummernden Landarbeiters, mit Schurz, Strohhut im Nacken und schwarzrissigen, zu Krallen verkrümmten, gelähmten Fingern, welche vielleicht nicht einmal mehr eine Sichel, keinesfalls jedoch einen Bleistift führen konnten.

Als das Arbeitsfeld des Schlafenden erschien ein Garten, ausgegrenzt aus der Steppe, für sich, ohne Haus. Irgendwo freilich mußte ein Wasserhahn sein; denn ein Schlauch kam durch das hohe Gras und endete zwischen den Beeten. Deren Früchte, wie die Tomaten oder die Johannisbeeren, waren entweder abgeerntet oder von einer Art, daß allein ihr Anblick den Durst nur noch verstärkte: Zwiebeln, Knoblauch und die mit den Silberdisteln zu verwechselnden Artischocken. Wir folgten dem Bewässerungsschlauch und näherten uns so einer langgestreckten Felswand, vor der die farblose Prärie übergangslos zur lichtgrünen kurzhalmigen Wiese wurde und den Felsen in ihrer Mitte auf einmal als Menschenwerk, als Gebäude, erkennen ließ. Dieses beschrieb einen großen Bogen, weggewölbt von der Straße, und hatte in seiner Sehnenform, mitsamt dem unverputzten Stein und den wenigen, lukenkleinen Fenstern, etwas von einer Wiesenfestung oder jedenfalls einer Garnison; von verschiedenen Feuerstellen, sämtlich verlassen, stieg im Gras davor Rauch auf, bis in Himmelhöhe so dicht, gerade und festumrissen, daß man tatsächlich »Säulen« dachte. Zu der Garnison paßten auch die Stimmen, die uns entgegenhallten, als seien die Räume saalgroß und fast leer. Sowie wir aber an die lange Mauer herantraten, erwies sie sich als die Straßenfront des auf der Karte bezeichneten »Dorfs«. Es bestand von unsrer Seite aus einer einzigen, weitgeschweiften Fassade, ohne Grenzlinien zwischen den Häusern, die sich in ihrer Vielzahl – mehr als ein Dutzend – erst zeigten, als wir der Reihe nach durch die Luken blickten: hinter einer jeden abgesonderte Räumlichkeiten, mit Extra-Eingängen und Wohnfenstern; in deren Rahmen auf der uns abgekehrten Seite die unterschiedlichsten Weinlauben, Blumengärten und in die Tiefe gestaffelten Wirtschaftshöfe. Hier, ein jeder an einer anderen Luke, bekamen wir dann auch Wasser, in den mannigfaltigsten Krügen, Kannen und Töpfen – gleich war jeweils nur die dazugereichte Zitrone. Wir tranken und tranken und tranken, und waren danach erst, zum Abschied, fähig zu grüßen. So einen natürlichen Gruß hatte noch keiner von uns gewechselt, und die paar Worte lang war es denkbar, die menschliche Sprache sei aus dem Bedürfnis und der Lust zu solchem Grüßen entstanden.

Den Durst gelöscht, hatten wir neu Augen für die Fernen. Dort erschien uns im Weitergehen der First des Hochland-Dachs, wie beschwert und gekrönt von einer Masse riesiger, würfelförmiger Blocksteine. Gegen Abend flackerte in einem der Blöcke unversehens eine Neonhelligkeit auf, und gleich, dort!, dort! und dort!, noch eine und noch eine, bis die Felsen horizontweit als Stadt sichtbar wurden. Als wir innehielten, überholte uns langsam ein Streifenwagen, kaum groß genug für den einzelnen Uniformierten, der uns, bei herabgekurbelter Scheibe, musterte. War es das so eigentümliche Zurück-Schauen des jungen Soldaten, das den Polizisten dann nur nicken und beschleunigen ließ – ein Schauen, welches entwaffnete, indem es zwischen sich und die Welt beständig ein friedliches Bild legte und selbst das Häßliche, Widrige mit dem Zusatz des Lichts versah?

Ebenso hielt dann, wie allein auf den Blick des Soldaten, neben uns auf offener Strecke ein Bus und ließ uns einsteigen. War es derselbe wie vorhin, der inzwischen nur seine Schleifen zurück ins Hinterland gezogen hatte? Wenn er es war, so hatte er das Kind irgendwo abgesetzt, und außer uns keinen Passagier aufge-

nommen. Waren wir überhaupt »Passagiere«?
Indem wir die einzigen blieben, auf Sitzen
hoch über der Straße, und die kleinen Wagen
in unserem Rücken, von denen keiner den Bus
überholte, allmählich zu einem Konvoi an-
wuchsen, war es, als würden wir, mit dem
Polizeiauto an der Spitze, zur Stadt hin gelei-
tet. Und wir ließen uns das, aufrecht dasitzend,
geradeaus schauend, die Hände auf den Knien,
wie selbstverständlich gefallen.

Die Stadt hatte keine Vororte. Gerade noch
waren wir in dem verbleichenden Licht an
Feldmauern vorbeigefahren, welche nicht nur
verfallen, sondern jäh eingestürzt wirkten,
und schon fanden wir uns angekommen, auf
einem Platz, der kein Zentrum, sondern die
Mündung der Straße in einen Bahnhof war.
Bestand das Ganze überhaupt bloß aus einer
erweiterten Bahnstation? Wo waren andere
Gebäude als die zugehörigen, amtlichen? Jedenfalls waren einzig deren Fassaden angestrahlt, und es gab im übrigen keine Straßen-

beleuchtung. Was in der Dämmerung über den Dächern flimmerte als eine großstädtische Laufschrift, erwies sich als die auf dem Bahndamm verkehrenden Züge. Erst auf unserm Weiterweg zu Fuß trafen wir wieder auf einige Stadtzeichen wie einen Park und ein Kino. Nur war der Park – ein Palmenhain rund um eine Zeder – ohne Brunnen, und das Kino, wie zuvor die Feldmauern, zur Ruine geworden, und zwar sichtlich von einem Moment zum andern: scharfe Risse, wie sie nicht erst mit der Zeit entstehen, und an der Uhr über der zusammengekrachten Kassenkabine mit dem Glas und dem Zifferblatt gleich das ganze Werk zersprungen. Das Erdbeben mußte lange her sein, die Gesichter auf den ehemaligen Farbplakaten waren unkenntlich vergilbt. Die Häuser, die folgten, waren allesamt neu, aus dickem, nacktem Beton. Eigentümlich belebt erschien auf einmal die dabei doch so finstere Stadt, besonders weil die Leute, die da gingen, durcheinandergemischt waren aus sämtlichen Rassen; und es ließ sich nicht unterscheiden, ob sie, die wie wir sich unablässig bewegten, Fremde wie wir, keiner mit Augen für jemand andern, auf der Flucht waren oder, jeder für sich, unterwegs zu einem Fest.

Wie zuvor in dem Busfahrer, so sahen wir dann auch in dem Portier, welcher mitten auf der gehsteiglosen Straße stand und uns mit einer schwungvollen Gebärde in sein Hotel wies, einen Beauftragten unseres Alten. Die Halle strahlte wie gerade erst neu eröffnet; wir als die ersten Gäste. Der einzige Angestellte ließ uns selber die Zimmer aussuchen, die einander freilich zum Verwechseln ähnelten, ein jedes austapeziert mit den Bildern der Stadt vor der Katastrophe und am Tage danach.

Als wir, gebadet und umgekleidet, den Speisesaal, hell und leer wie das ganze Hotel, betraten, kam da vom Tonband, in einem brüchigen Singsang psalmodierend, begleitet von einem Cembalo, die Stimme eines Mannes, welcher wir von der Schwelle aus lauschten als der unseres Alten, ebenso wie wir diesen dann an der Tafel hinter der Verkleidung des Empfangschefs, inzwischen in der Rolle des Kellners, suchten: Hatte er nicht gefärbte Haare? Waren die Altersflecken auf seinem Handrücken nicht weggeätzt? Bestand die Brille nicht bloß aus Fensterglas? Wir baten ihn schließlich sogar zum Schein um eine Auskunft, um seinen Stift und die Schrift auf dem Zettel zu testen. Und magst du dich auch weiter verstellen – schon dein in den Sand gedrücktes Monogramm, in dem Aschenbecher-Ständer am Eingang, genügt uns als Spur!

Obwohl wir im Saal die einzigen waren, gaben uns die Festbeleuchtung, die Hängepflanzen an den Wänden und die Lorbeerbäume, welche die Tische flankierten, das Gefühl, in einer unsichtbaren Gesellschaft zu sein. Sooft der Ober neu mit seinem Wagen – Messing, in Kuppelform – durch die Schwingtür kam, folgten ihm aus einer Küche so grellweiß, daß sich die Gestalten darin verloren, Zurufe und geschäftiges Stimmengewirr, als sei dort ein Hochbetrieb. Wir waren gewiß, am Ende der Mahlzeit würde der Erwartete, eine Haube auf dem Kopf, in dieser Tür stehen und sich von uns beklatschen lassen, schüchtern dazu lächelnd, mit jener Schüchternheit vor dem eigenen gelungenen Werk, wie sie nur die Meisterköche haben.

Von einem Moment zum andern war der Saal dann gefüllt, und aus allen Winkeln eilten zusätzliche Kellner hervor; in dieser Stadt wurde also spät zu Abend gegessen; und während uns auf den Straßen nur Fremde erschienen waren, hatten die Gäste hier durchweg die Lässigkeit von Einheimischen.

Je öfter wir vergeblich aufschauten, desto schwächer wurde unsere Erwartung; je mehr Verwechslungen mit dem Erwarteten, desto spukhafter die Erinnerung an diesen selber. Gab es unseren Mann überhaupt? Waren er, der Bleistift, das Merkbuch nicht bloße Einbildungen? Und wer waren wir – die Frau mit den zusammengepreßten Lippen da, der

Bursche mit den schmutzigen Nägeln da, der Unbekannte mit dem Zuhälter-Armband und dem entsprechenden Geldscheinbündel?

Wann kam uns dann die gemeinsame Vorstellung, der Ausbleibende sei für immer verschwunden? – Es geschah plötzlich, im wieder leeren Saal – auch die Kellner längst abgetreten –, bei unverändertem Festlicht und Instrumentenklang, ohne die Sängerstimme. Vorstellung ohne ein Bild, begleitet von einem Ekel, der sprachlos machte, unfähig selbst zu einem Ausruf. Jeder für sich, grußlos, auf getrennten Wegen, im Lift, auf der Treppe, im Dienstboten-Aufgang, entfernten wir uns in unsere Zimmer, bis dahinein gefolgt von der Musik, welche feierlich die Flure durchschallte, und von welcher der Dichter schrieb, sie aus der Ferne zu hören, erfülle alle die mit Grauen, die wissen, daß sie nie wieder heimkehren werden.

Die Nacht hindurch schien die Stadt allein aus dem Bahnhof zu bestehen: In die getrennten

Zimmer hallten fortwährend die Verschiebegeräusche, und dazwischen immer wieder die Lautsprecherstimmen, wechselweise mit Ortsnamen-Folgen wie »Venedig–Mailand–Ventimiglia–Lyon–Paris« oder »Istanbul–Saloniki–Belgrad–Zagreb–München–Ostende«, und es war uns dabei, als verstärkten die weithin tönenden Litaneien noch die Wirkung jener Art von Musik. Die einzigen anderen Laute waren die seltsam blechernen Glockenschläge, und ein gelegentliches Wimmern und Aufheulen in der näheren Umgebung, so wild, daß man einmal an eine Irrenanstalt, einmal an ein Gefängnis, einmal an ein Tierheim dachte. Aber keinmal ein Bellen, auch nicht von ferne; es war, als sei, vielleicht seitdem die Erde gebebt hatte, kein Hund in der ganzen Stadt.

Dafür krähten schon sehr früh, im Finstern, im weiten Umkreis die Hähne, so viele an so verschiedenen Stellen, daß man wie im Freien lag, und Hotel und Stadt für eine Täuschung hielt. Eine Gewißheit war nur: dem Abgängigen ist etwas zugestoßen; eine Gewißheit, welche, statt zu beruhigen, uns zu Geistersehern machte. Wurden nicht jüngst Verstorbene – gerade solche, die einem im Leben nahe gestanden hatten –, wenn es zu keinem rechten Abschied gekommen war, zu schreckenden Wiedergängern?

So trat jetzt auch der Alte in die Phase der bösen Abwesenheit. Und diese dauerte. Nicht nur während der Nacht lauerte er in dem dunkelsten Winkel des Raums und fiel da in den Sekundenträumen über uns Schlaflose her, sondern auch später in der Morgensonne hörte er nicht auf, auf uns loszufahren. In demselben Augenblick schrie die eine über den Anblick seiner Pelerine auf dem Kleiderbügel, wich der andre zurück vor einem Fingerhandschuh auf der Balkonbrüstung, sprang der nächste herum mit gezogenem Messer, weil er die eigenen, ihm ins Gesicht hängenden Haare für einen Anschleicher in seinem Rücken hielt. Es war, als vervielfältige sich der »Tote« ins Unendliche und rotte sich zugleich gegen die einsamen Überlebenden zusammen.

Das Frühstück wurde uns auf der Terrasse zum Hotelpark serviert. Obwohl wir dann nebeneinander am Tisch blieben, hätte man von uns nicht sagen können, wir säßen »zu dritt«. Wir waren einzelne Fremde, und die Fremdheit des Vorabends hatte sich noch verstärkt. Schulter an Schulter, wirkten wir doch getrennt durch Zwischenwände. Hatten wir je etwas gemein gehabt? Verfluchter Zufall, daß ich gerade mit denen sein muß! Wahn der Verwandtschaft, der mich und die da ausgesetzt hat in solch eine Fremde!

Es herrschte zwischen uns mehr als die bloße Fremdheit: das Zerwürfnis. Und dazu gehörte, daß der einzelne weder die Kraft fand, einfach seines Weges zu gehen, noch im Dableiben, im Schauen oder im Gedankenspiel, sich selbst zu genügen. An den Ort gebannt, außerstande, uns in etwas zu versenken, verfeindeten wir uns und würden gleich handgreiflich werden. Die Frau zerknüllte fortwährend irgendwelche Zettel und zündete diese an, als verbrenne sie ihre Nebenleute *in effigie*.

Der Spieler zitterte in der lauen Luft vor Kälte und stieß in Abständen, wie vor einem Amoklauf, sein selbstmörderisches Lachen hervor. Sogar der sanftmütige Soldat, auf immer dieselbe Zeile seines Buchs starrend, leseunfähig, mit hochrotem Kopf, fletschte momentlang die Zähne. – Wir hatten voneinander den Umriß verloren und so das Gegenüber; wurden einander zu Typen, die sich, was sie nie bisher getan hatten, beurteilten, abschätzten und zuletzt haßten.

Es war ein klarer, wolkenloser, frühherbstlicher Tag, mit einer Brise, wie man sie sich auf einem Atoll in der Südsee vorstellte. Das ganze Hochland zeichnete sich vor uns ab, und wäre es mit rechten Dingen zugegangen, so wären uns jetzt alle Hebungen und Senkungen unseres Weges dort lebendig geworden, wir selber als von Station zu Station wandernde, rastende, schlafende Luftfiguren weiterbestehend, unzerstörbar, in einem Gefühl des Jungseins, wie wir es ohne diesen Weg nicht gehabt hätten. Ebenso hätten wir uns an dem glänzenden Ne-

belstreifen – oder war es ein mit einer Plastik-
plane überzogenes Feld? – unten am Fuß des
Sockels erfreuen können, der in Wirklichkeit
das Meer war. Die eine Riesenzeder im Garten,
tiefdunkel, buschig, voll mit den kerzenförmi-
gen Zapfen, die Front einer ernstgebietenden
Kathedrale, an der man alles, statt dazu aufschauen zu müssen, in Augenhöhe hatte, wäre
uns erschienen als der Reise natürliches Ziel.
Aber wir empfanden uns am Ort der Ankunft
wie dahin verschlagen. Dessen Licht war uns
zuviel, und seine Schönheiten nicht nur be-
deutungslos, sondern zusätzlich noch krän-
kend. Die durch Säulen gerahmte Aussicht in
unserer Laube wirkte als Hohn. Die vom
Schatten in die Sonne wehenden Weinranken
taten der Seele weh. Nie auch hätten wir ge-
glaubt, es könnten uns jemals, ausgenommen
vielleicht die Krähen, die Vögel des Himmels
zuwider werden – jetzt aber hörten wir von
jeder der so verschiedenen Arten in dem Ze-
dergehäuse das gleiche Spottgellen, und sahen
sogar an den Ringeltauben, wenn sie auf der

Stelle flatterten, als würden sie gleich in der bloßen Luft landen, die zierlichen Hälse angeschwollen zu Stiernacken.

Dazu kam das Schuldgefühl. Überall waren die Leute tätig, bei der Arbeit oder beim Lernen, zum Beispiel im Park hier die Gärtner samt Lehrlingen, und in der Unterstadt jene Maurer, die schon seit Jahren dabei waren, den bei dem Erdbeben zerstörten Dom mit Hilfe der ursprünglichen Steine getreu wiederaufzubauen. Konnte es heutzutage eine bessere Beschäftigung geben, und waren die Männer, ohne Eile zu haben, in der Tat nicht ganz anders bei der Sache als üblich? Das Lamm an der Fassade blickte schon wieder über die Schulter ins Leere. Das Relief der Taube schaute in die Morgensonne mit Falkenaugen. Die drei steinernen heiligen Könige in ihren Nischen, allesamt in einen seligen Schlaf versunken, erfuhren im Traum schon wieder die Wegrichtung. Nur die Spitze des Turms lag immer noch weit weg geschleudert in einem inzwischen aufgewachsenen Dickicht.

Und wir müßigen Zuschauer auf der Terrasse, auf die geringste Kopfwendung bedient wie die Könige, hörten dazu das sich wiederholende Kassenpiepsen in unserem Rücken als den Notruf einer Raumkapsel, die steuerlos mit uns wegtrudelte von unserer Erde. Das hatten wir also davon, daß wir die Geschichte, die eigene wie die große, loswerden hatten wollen und aufgebrochen waren in die sogenannte »Geographie«?

Wir waren furchtbar auseinandergefallen, und es gab nichts, was uns neu hätte umgreifen können. Wäre der Vermißte jetzt wiederaufgetaucht und hätte uns einen gemeinsamen Vorschlag gemacht – wir hätten ihn auf der Stelle ausgelacht, nicht nur seinen Vorschlag, sondern auch seine Person.

Da, nach einer Stunde oder einem Monat der Stummheit, setzte der jüngste von uns, das Fastkind, der Soldat, zu sprechen an. Vor dem ersten Wort schon ruckte heftig sein Adamsapfel, Hals- und Stirnadern schwollen, die

Faust preßte sich auf den Mund. Als er sie dann wegtat, erschien seine ganze untere Gesichtshälfte verdunkelt von einem Fleck gleich einem Feuermal. Bei seinem Reden endlich waren zunächst überhaupt keine Lippenbewegungen zu erkennen, und fast hätten die Zuhörer sich suchend umgesehen, wie bei einem Bauchredner. In der Anstrengung spannten sich ihm alle Muskeln am Leib, und das Gewand darüber nahm buchstäblich Falten an. Er sprach so leise wie deutlich, über sein Buch gebeugt, als läse er daraus vor, mit der Bedächtigkeit eines Stotterers, der, wenn er einmal geläufig redet, nicht mehr zu unterbrechen ist. Wie alles, was er sonst tat, geschah das, was er sagte, unwillkürlich und unvorsätzlich; vollkommen ungezwungen auch, wie bei einem Selbstgespräch, der Übergang aus dem Schweigen. Wirkte in ihm allein von uns noch jene ruhige dritte Stimme, mit der man sich selber im Durcheinander der unzähligen sonstigen gut zureden konnte? Und trotzdem nistete unter seinem aufstehenden Scheitel eine Finsternis, wie von einem Leiden, welches nach einem Ausbruch verlangte. Die ganze Redezeit wechselte er den Rest der Höhlensteine, zusammen mit den ihm auf unserer Wanderung abgerissenen Knöpfen, von einer Hand in die andre, und erhob sich ebenso mittendrin plötzlich von seinem Platz.

»Mag sein: Mein Entschwundener war eine Art Heiratsschwindler mit der Frau Welt. Er hat einen Bund versprochen und ihn nicht gehalten. Er hat sich angemaßt, ein Freier zu sein, und fand nicht einmal die Worte, zu werben. Er hat mich aus meinen Tiefen gehoben und mich dann um so tiefer fallengelassen. Er hat mir ein großes Land verheißen, in dem ich jetzt allein unter Feinden bin. Er hat mir vorgespiegelt, daß die öde Wildnis, einzig indem er ihr eine Form gibt, zu meinem fruchtbaren Obstgarten wird. Er war ein falscher Fürst und hat mich weg von zuhause, weg von der Kaserne, weg von meinesgleichen in ein Land gelockt, wo es außer vielleicht für ihn keine Lebensluft gibt. Kein Fürst eines gemeinsamen Weltreichs war er, sondern dessen Gaukler; hat mich mein Geburtsdorf verraten lassen, und mich zum Deserteur gemacht. Mein vermeintlicher Fürst hat mir den Kopf verdreht, hat mich aus meiner Sphäre gerissen, hat mich vors Nichts gestellt. Und auch als mein Kundschafter hat er mich enttäuscht. Er kannte alle Orte vom Sehen, und keinen vom Bleiben. Er war kein Erdkundler, weil er nicht die Geduld für den Zeugen-Stand des Geschichtsschreibers aufbrachte. Er wollte immer nur hier und da seine Spuren lesen, statt ein Chronist zu sein, zum Beispiel einer Hungersnot, eines Autobahnbaus, oder bloß eines schiefwinkligen Eisenbahnergartens. So hat er mich nicht geradewegs in die Weite, sondern mit seinem Zeichenzauber im Kreis geführt, tiefer und tiefer hinein ins Labyrinth. Und ebenso wie im Freien der falsche Fürst, ist er im Labyrinth der falsche Kundschafter gewesen; denn als ein solcher hätte er trittfest sein müssen; hätte sich in einem Gelände zurechtfinden müssen, wo er nie zuvor war; hätte da der Wegmacher sein müssen, allein mit seinen Schritten.

Aber ich hatte in der Nacht die folgenden Träume. Der erste handelte von dem Buch hier. Es war noch zehnmal größer und dicker als in Wirklichkeit, ein Foliant. Und ich hatte ein Kind, das ich, in dem ausgehöhlten Folianten versteckt, mit mir herumtrug. Doch als ich in einem sicheren Winkel nachschaute, war das Kind nicht mehr da, daraus verschwunden, mitsamt seiner Höhle; diese dicht aufgefüllt von Dünndruckseiten. – Danach träumte ich nur Worte, denen ich zugleich nachbuchstabierte: ›Wie schnell habt ihr eure Kindheit verraten! Jener alte Mann war doch kein Böswilliger, sondern der ewige Kindskopf. Es darf nicht sein, daß der Stoff der Kindheit verbraucht wird!‹ – Mein letzter Traum spielte in der Zukunft, und auch die begleitenden Sätze hatten die Zukunftsform: Wir werden den Verschwundenen suchen. Die Suche wird ein ganzes Jahr dauern, und wir werden uns dazu trennen. Du, Frau, wirst an Ort und

Stelle bleiben und warten; du, Spieler, wirst mit dem Wagen von Stadt zu Stadt suchen, jeden Tag in einer andern — und ich, der Soldat, ausgehend von hier in immer weiteren Kreisen, zu Fuß auf dem offenen Land. Verständigen werden wir uns allabendlich durch Anrufe in dem Hotel. Das Suchen und Warten selber, indem es uns verlangsamen und uns die Sinne schärfen wird, wird etwas von einem dauernd bevorstehenden Finden haben! Im späten Frühling, in einem Nieselregen, wirst du die Fußabdrücke des Alten auf einem schmutzigen Zebrastreifen entdecken. Bei Sonnenwende wirst du von deiner Terrasse aus nachtlang die Feuerräder kreuz und quer über das Hochland laufen sehen. In einem Herbststurm, wenn dieser sich gelegt haben wird, werde ich auf der Heide den allein noch raschelnden welken Eichstrauch im Traum mitsamt seinem Rascheln buchstäblich *pflükken* sollen, um ihn euch mitzubringen als den Beweis. Zu Winteranfang werden wir uns in der Hafenstadt unten versammeln, am Ende eines Bahngleises, mit einem Prellbock als der letzten Hürde vor einer Düne und dem Meer. Der Bahnsteig wird geteert sein, und darin eingetreten werden wir Fahrkarten, Streichhölzer und Zeitungsausrisse finden, wie eine Fährte, die auf die Düne zuführt. Dort im hohen Gras an einem Maschenzaun wird das Merkbuch des Gesuchten liegen, aufgeschlagen, von weitem schon sichtbar, wie unversehrt. Doch durch das Jahr unter dem freien Himmel werden die Eintragungen ausgebleicht und verwischt sein; wird der Bleistift verwittert sein. Er wird trotzdem schreiben, und wir werden die Linien nachziehen können, die ins Papier gedrückt worden sind. Auch wenn dabei nur einzelne, unzusammenhängende Wörter und Umrisse ohne große Bedeutung zum Vorschein kommen werden – das Entziffern für sich, unser gemeinsames Gebeugtsein über das Heft, wird das aufregendste und herrlichste Abenteuer der Gegenwart sein, und wenn wir am Ende dann aufschauen werden, wird, so wörtlich der Traum,

die Düne *unseres Bruders weithin leuchtendes Grab*
sein. Ich werde mir meinen Alten nicht ausreden lassen. Wir dürfen uns unseren Alten
nicht ausreden lassen. Seine wiedergefundene
Schrift hat im Traum *geblüht*.«

Wie ein Hammerwerfer hatte der Soldat zuletzt angefangen, sich im Kreis zu drehen,
nahm aber nun wieder Platz, als sei nichts
gewesen. Er legte sich die Hände auf die Augen. Die Frau, vornübergebeugt, hatte ihre
Hände zwischen die Knie geschoben. Der
Spieler klaubte die Wegsteinchen aus dem Pro-
fil seiner Stiefelsohlen. Obwohl wir einander
nicht ins Gesicht blickten, wurden wir der
gegenseitigen Wangenlinien und Augenfar-
ben inne und bildeten zu dritt ebenso viele
Paare. In dem Umkreis geschahen die vielfäl-
tigsten Geräusche, die verschluckt wurden
von einer tauben Stille, so als wirke der Tumult des Bebens auch ein Jahrdutzend später
noch nach. Wir saßen auf der Terrasse wie auf
einem Sturzplatz und blickte ein jeder in eine
andere Richtung und in einen anderen Zwi-

schenraum. Mitten in dem Parkrasen zuckte ein Steppenhalm, von einem Vogel, der eben noch da gewippt hatte. An der Kante des Gartenhauses winkte ein Efeublatt ... Als ein Kellner über uns Bewegungslosen den Sonnenschirm aufspannte, regnete aus den Falten das Laub, von dem dann die einzelnen Blätter am Boden hier und dort aufklappten. An den Gläsern vor uns kamen augenblicks die Tropfen ins Rinnen. Der Zitronenfalter, der unversehens vorbeiflog, gehörte er nicht in den Frühling? Der eine Apfelbaum aber bog sich von Herbst-Früchten, welche mit der Zeit, durch unseren Herzschlag, ins Pendeln kamen, wie die Kugeln einer Platane.

Eine solche zeigte sich auch tatsächlich – gefällt, zerschnitten, und geschichtet zu einem langgestreckten, buntscheckigen Holzstoß. Unser Wasser- und Märchenbaum zerstückelt? Die Schlangenformen der Äste zu lauter kleinen Geraden zersägt? Der Soldat ließ auf dem Steintisch einen seiner Höhlenkiesel tanzen, oben mit einer Kerbe, die sich

im Drehen zur Spirale bauchte und im Still-
stand ein Riß war.

Jetzt waren wir wenigstens etwas: wenigstens
unglücklich.

In unserer Trauer bekamen wir die Augen aller
menschlichen Rassen. Und als gäbe uns das
eine Art Energie, trat aus einem neuen Zwi-
schenraum der Rest-Strunk der Platane hervor, den die Gärtner einstweilen in der Erde
gelassen hatten. Die freiliegenden Wurzeln erschienen an einer Stelle zusammengewachsen
zu einer Mulde, bis an den Rand gefüllt von
einer Regen- oder Rasenspreng-Lache, die beständig leicht zitterte. Diese hatte die Gestalt
eines menschlichen Ohrs, und die Geräusche
wurden davon, statt verschluckt, verstärkt
wieder zurückgegeben. Ferner Donner von
Fluggeschwadern und das Geheul von einander dicht auf dicht folgenden Rennwagen ...;
und zwischendrin dann, durchdringend klar,
eine langsam zählende Kinderstimme, aus-
klingend mit dem: »Ich komme!«

Ein Ruck ging durch uns alle auf einmal, als

uns einfiel, wie wir uns in der Kindheit vor den andern oft nur versteckt hatten, um von ihnen gesucht zu werden. Und ein Wind erhob sich, wie aus uns selber, welcher durch alle Dinge ging: der Wind der Poesie, der Wind der Phantasie, der Wind der Ankunft in einer ganz anderen Abwesenheit. Der Park roch nach Wiesenheu, und die Vögel in der Zeder riefen wie aus Ackerfurchen. Die Glocke im Domturm, regloser schwarzer Umriß, hing. Die geraden Steintreppen schwangen sich empor. Die Sonnenschirme wölbten sich. Das Zimmermädchen lehnte. Wir saßen. Die Gärtner standen. Die Mauern standen. Die Zweige der Zeder verschränkten sich. Die Wurzeln streckten sich. Das Magma lohte. Das Meer brandete. Der Weltraum schwirrte. Die Vögel am Himmel schwebten Flügel an Flügel. Die Nadeln grünten. Der Stamm rundete sich. Der Rauch gab Zeichen.

Ein ganzes Buch könnte ich über unsere Suche schreiben. Vorerst aber durften wir uns noch eine kurze Ruhe gönnen. Der Soldat streckte die Beine aus; der Spieler teilte sein Geld; die Frau schmückte sich und lächelte irgendwem um die Ecke. Jeder der drei legte schließlich dem anderen den Arm um die Schultern. Und für eine kleine Weile saßen wir da und ließen uns einfach sehen.

»Das Leben des Menschen auf Erden ist schnell vorüber wie der
Schein eines weißen Rosses, der
durch eine Spalte fällt . . . Versuche,
mit mir zu wandern in das Schloß
des Nicht-Seins, wo alles eins ist.«
*Das wahre Buch vom südlichen Blüten-
land*